Produziu-se um clarão, e com um ruído leve e sibilante, feito magnésio queimando, tudo virou de ponta-cabeça...

Tamiki Hara

Flores de verão

TRADUÇÃO DO JAPONÊS
Jefferson José Teixeira

SÃO PAULO
TINTA-DA-CHINA BRASIL
MMXXII

Prelúdio à destruição, 13
Flores de verão, 67
A partir das ruínas, 93
O país do meu mais sincero desejo, 121

Sugestões de leitura, 132
Crédito das imagens, 133
Sobre o autor, 134

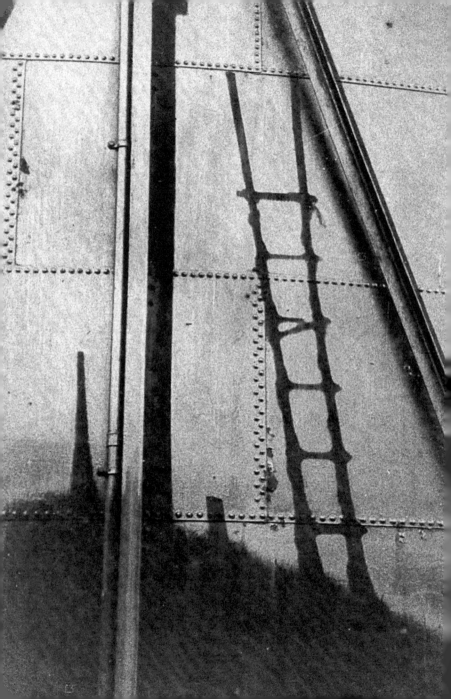

PRELÚDIO À DESTRUIÇÃO

Neve pulverulenta caía desde a manhã. Fascinado, por assim dizer, pela elegância dessa neve, o viajante, que pernoitara na cidade, decidiu caminhar em direção ao rio. A ponte Honkawa se situava bem próximo à estalagem. Pela primeira vez em muito tempo, ele recordava o nome da ponte. Ela parecia lhe trazer lembranças de quando era secundarista. A neve fina aguçava ainda mais a sua sensível visão. Quando, parado de pé quase na metade da ponte, olhou para a margem do rio, percebeu num relance uma placa velha, com o anúncio do doce de feijão azuki Manju Honkawa. Sobreveio-lhe a estranha ilusão de estar imerso em uma paisagem antiga, cuja tranquilidade imprimia nela um ar de mistério. No instante seguinte, porém, um terrível e incontrolável calafrio se apossou dele. Em meio à calma momentânea, envolto por aquela neve, iluminou-se nele a imagem do dia apocalíptico mais doloroso... Ele tomou nota em uma carta e a enviou a um amigo que morava ali. Depois disso, deixou a cidade e viajou para terras remotas.

... O destinatário da carta observava vagamente o exterior pela janela do andar de cima do sobrado. Contemplava, bem diante dos olhos, o barracão de paredes de barro da casa vizinha. A visão desoladora de parte da parede branca e descascada junto ao teto, deixando entrever o áspero barro: apenas essa reduzida parte parecia ter se mantido tal como ele se recordava no passado. Veio morar pouco antes na cidade, e para um homem há muito afastado de sua terra natal, agora tudo se afigurava como um mundo com o qual ele não mantinha vínculos. O que teria acontecido com as montanhas e os rios que estimularam a sua imaginação infantil? Caminhando ao léu, ele observava as paisagens de seu local de nascimento. A cordilheira de Chugoku, coberta com os restos de neve e o rio fluindo no sopé, não deixou mais que uma impressão diluída em razão do rebuliço da cidade desajeitadamente militarizada. Era um mundo estranho, no qual, em meio à agitação de ser tratado com rispidez pelas pessoas nas ruas, ele era capaz de sentir algo fora do comum.

...De súbito, ele considerou o calafrio que o amigo descrevia na carta. Uma mudança infernal, inimaginável, daquelas que acontecem num átimo. Nesse caso, ele teria acabado destruído com a cidade? Ou teria retornado, para vislumbrar o fim de sua terra natal? O seu destino era uma aposta. De alguma forma aquela cidade permaneceria incólume? Surgiam-lhe à mente essas ideias egoístas e estúpidas.

Seiji se postara à entrada do quarto de Shozo com ar atarefado, tendo sua maravilhosa jaqueta preta de lã grossa amarrada na cintura e o queixo brilhante, barbeado com primor.

— Vamos, mexa-se!

Os olhos gentis de Seiji contrastavam com essas palavras ríspidas. Ele sentou-se ao lado da escrivaninha onde Shozo escrevia uma carta e folheou as ilustrações de *Reflexões sobre a imitação das obras gregas na pintura e na escultura* de Winckelmann, deixado próximo a ele. Shozo descansou a caneta e em silêncio observou o irmão mais velho. Na juventude, por um tempo esse irmão se apaixonou por história da arte. Será que ainda continuaria atraído por ela? Porém Seiji logo fechou o livro, num ímpeto.

Para Shozo, o gesto era a continuação do "Vamos, mexa-se!" de pouco antes. Mais de um mês havia se passado desde que retornara para a casa do irmão mais velho, mas, sem conseguir emprego, ele só fazia dormir e se levantar tarde.

Ao contrário de Shozo, os dias do irmão eram regrados e tensos. Mesmo após terminar o trabalho na fábrica, não raro havia luzes acesas até tarde no escritório dele. Ao passar certa vez por uma rua próxima e olhar para o escritório, Shozo viu Seiji sozinho, inclinado sobre a escrivaninha, escrevendo com afinco. Podia-se depreender de sua escrita peculiar a sua satisfação com o trabalho burocrático de selar os envelopes com o salário dos operários, ou de elaborar os documentos a serem apresentados ao Escritório de Mobilização. Diversos avisos redigidos em sua graciosa letra, de formato semelhante ao tipográfico, ornavam as paredes do escritório… Enquanto Shozo admirava distraído aquelas letras, Seiji virou a cadeira giratória para o braseiro, onde restava o carvão apagado. "Vamos fumar?", propôs, retirando da gaveta da escrivaninha um velho maço de cigarros Hoyoku, antes de ligar o rádio que ficava numa prateleira. O locutor anunciava a situação crítica de Iwo Jima.* A conversa acabou descambando para previsões sobre o desenrolar da guerra. Seiji dizia coisas com ceticismo, e Shozo expelia palavras de visível desespero... À noite, quando as sirenes soavam, Seiji em geral corria até o escritório. Menos de cinco minutos depois do alarme, a campainha da porta da frente da fábrica soou estridente. Com o rosto sonolento, Shozo abriu a porta, e diante da fábrica estavam de pé duas jovens, vindas da rua. Eram as operárias encarregadas da vigilância noturna. Uma delas se dirigiu a Shozo, saudando-o com um boa-noite. Emocionado com o cumprimento, ele se sentiu na obrigação de ajeitar a gola da camisa. Depois, tateou em meio à escuridão do escritório, e no exato momento em que ligou o rádio e a luz do mostrador se acendeu, Seiji surgiu inquieto, portando o seu grosso capuz de defesa antiaérea.

— Tem alguém aí? — perguntou na direção da luz e sentou-se numa cadeira para logo voltar a se pôr de pé e perscrutar os arredores da fábrica.

Na manhã seguinte ao alarme, Seiji foi trabalhar cedo de bicicleta. Foi também ele quem veio até os fundos do andar de cima, onde Shozo, sozinho, dormia até tarde, para adverti-lo: "Vai dormir até quando?".

Na mesma hora, Shozo se colocou em alerta, vendo o jeito sempre atarefado do irmão e, pondo de volta no local original

---

* Ilha situada a cerca de 1.200 km de Tóquio, foi palco de uma das mais sangrentas batalhas entre o Japão e os Estados Unidos, de 19 de fevereiro a 26 de março de 1945, na Segunda Guerra Mundial. [N.T.]

o exemplar das *Reflexões sobre a imitação das obras gregas na pintura e na escultura*, de repente perguntou:

— Onde foi parar o Junichi?

— Recebeu uma ligação pela manhã. Parece que foi para Takasu.

Deixando entrever nos olhos um ligeiro sorriso, Seiji virou-se de lado.

— De novo? Que transtorno! — murmurou.

Ele parecia esperar que Shozo tecesse comentários sobre o comportamento do irmão. Shozo, porém, não entendia com clareza o que se passava nos últimos tempos entre o irmão e a esposa dele, e Junichi, por sua vez, jamais comentava sobre o assunto além do necessário.

Desde o dia em que voltou para a casa do irmão mais velho, Shozo sentia um ar pesado pairando ao redor. Isso não se devia aos panos pretos que recobriam as lâmpadas nem às cortinas corta-luz estendidas por todos os lados, tampouco à fria recepção a ele, o irmão mais novo, que após a morte da esposa se viu forçado a retornar à casa em um momento inconveniente. Havia algo mais intolerável dissimulado naquela casa. Por vezes, sombras severas se revelavam no semblante de Junichi, e Shozo podia sentir no rosto da cunhada Takako algo desesperador feito uma angústia dilacerante. Os dois sobrinhos dele, secundaristas mobilizados para trabalhar na Mitsubishi, também se mantinham taciturnos e de rosto soturno.

… Certo dia, Takako, a cunhada, desapareceu da casa sem avisar. Junichi começou então a sair sozinho, apressado, deixando a administração do lar nas mãos da irmã mais nova, Yasuko, que era viúva e morava nas redondezas. Ela vinha tarde da noite ao quarto de Shozo, no andar de cima, e falava sem parar sobre vários assuntos. Assim, Shozo soube que não era a primeira vez que a cunhada desaparecia, e que Yasuko cuidara da casa em duas outras ocasiões. O ambiente daquela casa, descrito pela irmã de pouco mais de trinta anos, estava repleto de especulações e distorções, e justamente por isso algo nele aderia com fervor ao cérebro de Shozo.

... No quarto dos fundos, com as cortinas corta-luz, era ao lado do *kotatsu*,* sobre o qual se estendia uma coberta cor de damasco, muito luxuosa e que brilhava em tons de vermelho sob a luz de um abajur, que se podia encontrar Junichi, com seu ar desanimado. Essa visão transmitia a Shozo certo desconsolo. Na manhã seguinte, porém, Junichi vestiria o uniforme de trabalho e não demoraria a começar a preparar os pacotes para a operação de evacuação. O semblante dele tornava a se carregar de total arrogância e ferocidade... De vez em quando recebia um interurbano e saía com ar apressado. Devia haver em Takasu algum mediador entre ele e a esposa, mas Shozo não sabia nada mais além disso.

... Yasuko atribuía as transformações da cunhada nos últimos anos à sua entrega aos luxos da guerra — em contraste com todos os dissabores que ela própria sofrera —, e argumentava apreensiva que aquele desaparecimento incompreensível

---

* Mesa pequena e baixa, dotada de uma manta e um aquecedor elétrico, para esquentar as pernas. [N.T.]

ainda poderia ser um fenômeno fisiológico, decorrente da menopausa… Em certas ocasiões, Seiji apenas escutava calado o que Yasuko falava sem cessar.

— Resumindo, falta a Takako vontade para trabalhar. Ela deveria ter mais consideração pelas operárias da fábrica — Seiji interrompeu a conversa.

— Ela é uma dama distinta e ociosa — assentiu Yasuko.

— Mas as falsidades desta guerra não estariam arrasando agora o espírito de todas as pessoas? — replicou Shozo.

— Hum, não é nada tão complexo. Ela ficou com raiva porque as sementes da glória aos poucos se esgotam — revidou Seiji, sorridente.

Nem uma semana se passara de seu inesperado desaparecimento quando Takako voltou, como se nada tivesse acontecido. No entanto, ainda parecia haver algo indefinido, e quatro ou cinco dias depois ela tornou a sumir. A busca de Junichi recomeçou.

— Desta vez ela deve demorar a voltar — declarou ele.

Eufórico, ainda censurou os irmãos, dizendo:

— Se vocês fizerem corpo mole, todos vão tratá-los como tolos. Vocês já passaram dos quarenta e mal sabem cumprimentar as pessoas…

Shozo notava semelhanças com ele no temperamento dos dois irmãos, e de vez em quando isso o aborrecia. Yasuko, que trabalhava como supervisora na fábrica Mori, apontava nas atitudes dos irmãos a inaptidão perante a sociedade. Shozo também compartilhava dessa inaptidão… No entanto, que enorme transformação os irmãos sofreram durante o longo tempo em que ele estivera ausente! O próprio Shozo não teria mudado?… Claro que não. Expostos aos perigos que dia após dia os apavoravam, eles continuariam sem dúvida a mudar ainda mais. Ele teria de comprovar isso até o fim, com os próprios olhos… Esse tema surgia com naturalidade na mente de Shozo naquela época.

— Chegou, afinal!

Seiji estendeu um pedaço de papel diante dos olhos de Shozo. Era o aviso de mobilização. Shozo olhou fixamente para o papel e leu de novo cada detalhe das palavras impressas.

— Em maio? — murmurou ele.

Shozo não demonstrou a mesma admiração de quando recebera, no ano anterior, a ordem de recrutamento de soldados nacionais. Ainda assim, vendo a expressão de angústia estampada no rosto de Shozo, Seiji mentiu um pouco.

— Qual o problema? Hoje em dia o trabalho é sempre dentro do país. Não é nada sério.

Faltam dois meses para maio, mas será que a guerra continua até lá?, pensou Shozo consigo mesmo.

Shozo costumava perambular com frequência pela cidade. Acompanhado de Kanichi, filho de Yasuko, foram até o parque Sentei, que há tempos Shozo não visitava. Outrora, quando ainda era criança, várias vezes ele foi levado até lá. Mesmo agora, sob a luz tênue do sol de início de primavera, as árvores do jardim e as águas continuavam serenas. De imediato ocorreu-lhe que o parque era um lugar perfeito para se refugiar… O cinema estava lotado desde o início da tarde, e os restaurantes da área comercial, sempre animados.

Shozo escolheu pequenas trilhas de que se lembrava para caminhar, mas não conseguiu encontrar coisas nostálgicas gravadas em seu coração de criança. Uma tropa de soldados, liderada por um oficial não comissionado, apareceu de repente, de um caminho transversal, cantando uma canção de um heroísmo trágico. Ele cruzou também com um grupo de estudantes operárias que usavam bandanas brancas cingindo a cabeça e marchavam no mesmo estilo dos soldados.

… De pé sobre a ponte, Shozo contemplou rio acima, por trás dos edifícios no extremo da cidade, montanhas cujo nome desconhecia e ilhas montanhosas para os lados do mar interior de Seto. Começou a sentir uma leve vontade de gritar para aquelas montanhas que circundavam a cidade… Um dia, ao entardecer, foi atraído pela visão de duas jovens que passaram de súbito por uma esquina. De corpo saudável e abundante permanente no cabelo, elas despertaram a curiosidade de Shozo como o novo tipo de mulher do futuro. Ele as seguiu e procurou ouvir o que conversavam.

— Basta ter batatas e tudo vai estar bem.

A voz delas era monótona e desvanecida.

Ficou acertado que umas sessenta estudantes iriam trabalhar na seção de costura da fábrica Mori. Seiji estava entusiasmado com os preparativos para a cerimônia de recepção das estudantes, e conforme a data se aproximava, o próprio Shozo, até então em total ociosidade, dava as caras com naturalidade no escritório e era posto para ajudar em afazeres de toda espécie. Vestido com uniforme de trabalho novo e arrastando com ruído os tamancos de madeira, havia algo de desajeitado no aspecto de Shozo ao carregar as cadeiras trazidas do barracão, como se resistisse a um trabalho ao qual não se acostumava. Cadeiras foram transportadas, cortinas instaladas e os itens da programação escrita por Seiji, afixados: o salão estava pronto. Naquele dia, a cerimônia estava prevista para começar às nove horas. Porém, por causa do alarme antiaéreo que soou bem cedo pela manhã, a programação ficou toda bagunçada.

"Aviões sobrevoam Bizen, em Okayama, o mar de Bingo e Matsuyama." O rádio anunciava em tempo real os ataques de bombardeiros decolando dos porta-aviões inimigos. Justo quando Shozo acabava de se preparar, as baterias antiaéreas começaram a rosnar. Pela primeira vez ele ouvia o som delas naquela cidade, e o céu nublado e plúmbeo se tornou um pouco tenso. Mas não se viam sinais dos aviões, e o alarme antiaéreo foi rebaixado para um simples alerta, com as pessoas apenas inquietas. Shozo entrou no escritório e se deparou com Ueda portando um capacete de ferro.

— Eles finalmente apareceram. O que faremos? — perguntou-lhe Ueda, que vinha da área rural para trabalhar.

O seu corpo robusto e o rosto que refletia um coração ingênuo transmitiam de alguma forma a Shozo, mesmo naquele momento, uma sensação de segurança. Seiji também apareceu ali, vestindo uma jaqueta. Procurou sorrir com valentia, e seus olhos reluziam.

… Tudo aconteceu quando Ueda e Seiji foram para a frente do prédio e Shozo ficou sozinho, sentado numa cadeira. Por um tempo, manteve a mente vazia, mas de repente ouviu um rugido forte vindo do teto, acompanhado do som de algo sendo partido. Pressentindo que alguma coisa desabaria sobre sua cabeça, direcionou o olhar de imediato para a janela de vidro. Num instante, a calha do sobrado em frente e a copa do pinheiro do jardim se refletiram em suas retinas com uma intensidade anormal. O som cessara por completo. Pouco depois, pessoas começaram a chegar, fazendo alvoroço na frente do prédio.

— Ah, estou estupefata. Que espanto! — exclamou Miura, com um sorriso forçado.

Quando o alerta foi suspenso, um grande número de pessoas começou a circular nas ruas. Em meio ao burburinho, podia-se até sentir certa atmosfera de despreocupação. Alguém trouxe um fragmento de munição que recolhera bem próximo dali.

No dia seguinte, apareceu um pequeno grupo de estudantes, cada qual com uma bandana branca na cabeça, liderado pelo diretor da escola e pela professora encarregada, que de imediato foi conduzido para o salão de cerimônias. Quando todos os operários tomaram seus assentos, Shozo e Miura também o fizeram, nas cadeiras da fileira do fundo. A saudação do homem da Seção de Mobilização da Prefeitura Provincial e a orientação do diretor da escola foram ignoradas por completo, mas quando Junichi por fim começou a discursar em seu elegante uniforme nacional, Shozo se interessou e ouviu com atenção cada palavra. Junichi devia estar acostumado a eventos como aquele, pois demonstrava desembaraço tanto na voz quanto na atitude. No entanto, houve também momentos em que o uso de suas palavras contradizia o que lhe ia no coração. Conforme o observavam com atenção, os olhos de Shozo e os de Junichi acabaram se encontrando. Os de Junichi emitiam uma estranha luminosidade, como se desafiassem algo. Terminada a apresentação do coro estudantil, a partir daquele dia as moças começaram com todo o ânimo a trabalhar na fábrica. Chegavam bem cedo pela manhã e ao anoitecer saíam formando uma fila bem-ordenada, precedidas pela professora. Elas levaram para a fábrica um frescor, misturado a certo charme. Seu ar digno de compaixão se refletiu nos olhos de Shozo.

Shozo contava botões num canto do escritório. Ele só precisava juntar os que estavam espalhados sobre a mesa em grupos de cem unidades, mas fazia isso de modo lento e desajeitado, com a ponta dos dedos desacostumada ao trabalho, e Junichi, que o observava enquanto atendia os convidados, não conseguiu se conter.

— E isso é jeito de contar? Isso aqui não é brincadeira, fique sabendo! — gritou.

Katayama, que escrevia com dedicação uma carta, logo repousou a caneta e se aproximou de Shozo.

— Ah, é isso? Faça assim, veja, deste jeito — instruiu, com toda a delicadeza.

Mais jovem e vigoroso que Shozo, Katayama era muitíssimo atencioso, e sempre o impressionava.

Nove dias após a aparição dos bombardeiros sobre a cidade, o alarme antiaéreo voltou a soar. No entanto, os aviões que avançavam sobre o canal de Bungo deram a volta no cabo Sada, dirigindo-se um após o outro para Kyushu. Desta vez a cidade se manteve incólume, mas a essa altura a população começava a se inquietar. Quando as tropas do exército foram despachadas e os prédios da cidade começaram a ser demolidos um após o outro, as carroças da evacuação continuavam incessantes, dia e noite.

À tarde, depois de todos deixarem o escritório, Shozo se pôs a ler *A descoberta do zero*,* da editora Iwanami. Seu coração fora tocado de maneira estranha pela história do oficial francês capturado pelo exército russo por ocasião das guerras napoleônicas. A grande angústia pela qual passara o levou a se dedicar de corpo e alma ao estudo da matemática… Nesse momento, Seiji de repente voltou, apressado. Seu rosto denotava certa excitação.

— Junichi ainda não voltou?

— Parece que não — respondeu Shozo, vagamente.

Junichi costumava se ausentar com frequência e ninguém saberia dizer em que pé estariam suas desavenças com Takako.

— Não podemos ficar simplesmente de braços cruzados! — começou a dizer, num tom de voz irritado. — É melhor irmos lá fora espiar. Tudo foi demolido nas ruas de Takeya e nas vizinhanças de Hirataya! E o armazém de uniformes do exército está prestes a ser evacuado.

— Então as coisas chegaram a esse ponto? Olhando bem, Hiroshima tem três meses de atraso em relação a Tóquio — Shozo murmurou algo que não fazia sentido.

— Devemos ser gratos por esse atraso de Hiroshima? — revidou Seiji, com expressão severa.

---

* *Rei no hakken: sugaku no oitachi*, de Yoichi Yoshida. [N.T.]

... A casa de Seiji, repleta de crianças, entrara em total confusão nos últimos tempos, em razão de assuntos relevantes que se sucediam. Os preparativos em si eram complicados, com roupas espalhadas por todos os cômodos, e porque duas das crianças deviam se juntar à evacuação em massa e partir em breve. Mitsuko carecia de destreza, trabalhava devagar e ocasionalmente gastava tempo em conversas inúteis. Quando Seiji retornava à casa, estava sempre irritado e descarregava a raiva na esposa, mas ao final do jantar ia se trancar no quarto dos fundos, onde pisava sem parar o pedal da máquina de costura. Com duas mochilas na casa, não havia pressa em produzir uma terceira. Seiji apenas ficava absorto na diversão que o trabalho lhe proporcionava.

— Que merda, que merda! — resmungava, enquanto costurava. — O meu trabalho é tão bom quanto o de qualquer artesão.

Na realidade, as mochilas produzidas por ele eram bem melhores do que as de qualquer artesão com pouca habilidade.

... Dessa forma, Seiji continuava, do seu jeito peculiar, a dissimular os sentimentos, porém hoje, ao aparecer no depósito de uniformes do exército e receber a ordem de evacuação da fábrica, de repente sentiu a terra tremer sob seus pés. Depois disso, na volta, ao passar pela vizinhança de Takeya, os caminhos que conhecia há mais de quatro décadas pareciam uma boca desdentada. Os soldados brandiam as suas machadinhas em desordem. Exceto por dois ou três de seus vinte anos, quando fora estudar em outra cidade, Seiji quase nunca se afastara de sua terra natal. Suportou o trabalho que lhe foi atribuído e por fim se estabilizou na sua posição. Para ele, tudo aquilo era insuportável... Afinal, o que aconteceria? Não era algo que Shozo e os outros soubessem. Seiji desejava encontrar Junichi o quanto antes, para lhe informar sobre a evacuação da fábrica. Sentiu que havia muito a conversar cordialmente com o irmão mais velho. Apesar disso, Junichi, por sua vez, estava absorto com o problema de Takako, e depender muito dele naquele momento não parecia uma boa ideia.

Seiji despiu suas perneiras e durante um tempo permaneceu com a cabeça aérea. Pouco depois, Ueda e Miura retornaram, e no escritório o assunto girou em torno da evacuação dos prédios.

Ueda se mostrava impressionado com a agilidade dos soldados em suas tarefas.

— Eles cometem atos brutais. Serram pilares, amarram com cordas e puxam com força, derrubando à revelia o prédio com telhado e tudo.

— Coitado do Nagata, o fabricante de papel. A casa dele, mesmo vista do exterior, é uma construção sólida, e o velho chorava feito um bezerro desmamado acariciando a coluna do *tokonoma** da sala — contou Miura, que presenciara a cena.

Seiji, desta vez sorridente, se juntou à conversa. Nesse momento, Junichi voltou com ar taciturno.

Com a chegada de abril, folhas tenras começaram a despontar aos poucos nas árvores pela cidade, e o vento soprava a terra

---

* Nicho ligeiramente elevado que em geral abriga um objeto de decoração. [N.T.]

e a areia nas paredes, tornando o ar bastante arenoso. O tráfego das carroças continuava incessante, e a vida das pessoas estava exposta aos olhos de todos.

— Veja só o que estão levando ali!

Seiji riu ao observar pela janela do escritório. Ele vira um faisão empalhado balançando dentro de uma grande carroça puxada à mão.

— É lamentável. Muito se comenta sobre a tragédia que a China está passando, mas estamos caminhando para situação semelhante — murmurou Junichi, talvez emocionado ao ver o aspecto do fluxo de carroças.

Assim como o irmão mais velho, ele tinha o cuidado de evitar tecer críticas à guerra, mas, quando Iwo Jima caiu, ele deixou escapar: "De nada adiantaria, nem mesmo esquartejando Tojo* em oito pedaços".

Todavia, ele não se mostrava muito de acordo quando Seiji o apressava para que fizessem a evacuação da fábrica.

— Seria uma vergonha os funcionários da fábrica de uniformes do exército serem os primeiros a fugir — dizia.

As saídas de Shozo vestindo perneiras se tornaram mais frequentes. Bancos, sede do governo, prefeitura, agência de viagens, Escritório de Mobilização. Aonde quer que fosse para afazeres simples, na volta ele caminhava sem rumo pelas ruas…

---

* Hideki Tojo, general do Exército Imperial Japonês e primeiro-ministro de outubro de 1941 a julho de 1944. Ordenou que os soldados defendessem a ilha de Iwo Jima. [N.T.]

Nas ruas do distrito de Horikawa restavam apenas os barracões das casas. Contempladas de longe, as evidentes marcas da destruição pareciam uma pintura impressionista. Shozo se esforçava para se convencer de que poderia haver algum significado em tudo aquilo. Um dia, inúmeras gaivotas brancas se movimentavam dentro desse quadro. Eram na realidade as estudantes no serviço laboral. Elas estavam sobre os escombros, reluzentes com seus jalecos brancos brilhando sob a luz do sol, cada qual abrindo a sua marmita… Quando ele visitou o sebo, pôde ver ali também mudanças substanciais nas prateleiras, confusão e desordem.

— Vocês não teriam livros de astronomia?

A voz de um jovem fazendo essa consulta permaneceu nos ouvidos dele.

Shozo aproveitou um dia de corte de eletricidade para ir visitar o túmulo da esposa, e em seguida caminhou até o parque Nigitsu. Outrora, o local vivia repleto de pessoas fazendo piquenique e contemplando as flores. Lembrando disso, ele olhou para a sombra silenciosa de uma árvore e viu uma anciã e uma menina comendo um lanche com discrição. Os pessegueiros estavam em plena floração, e os salgueiros verdejantes reluziam. Todavia, Shozo simplesmente não conseguia sentir os aspectos da estação. Algo estava deslocado e bastante fora de sintonia… Enviou uma carta com as suas impressões para um amigo. Ele recebia com frequência cartas desse amigo, refugiado na província de Iwate. "Fique bem. Cuide-se." Nas entrelinhas dessas palavras curtas, Shozo sentia que o amigo desejava de coração que a guerra terminasse logo. Shozo imaginava se ele sobreviveria até lá.

•

Uma carta de mobilização chegou à residência de Katayama. Destemido e sempre gracejando, como era de seu feitio, ele tratou de terminar sem demora o trabalho.

— Você já recebeu antes uma ordem de alistamento? — lhe perguntou Shozo.

— Deveria ter recebido neste ano pela primeira vez, mas... De repente eles mandam isso. Seja como for, é uma grande guerra, dessas que só acontecem uma vez a cada mil anos ou mais — riu Katayama.

O velho Mitsui, ausente do trabalho por um bom tempo por estar adoentado, até então os observava de um canto do escritório, mas naquele momento se aproximou de mansinho de Katayama.

— Se ingressar no exército, torne-se um idiota! Você não deve refletir sobre nada! — afirmou, como se oferecesse um conselho a um filho.

... O velho Mitsui estava na loja desde os tempos do pai deles. Shozo se lembrava de ter passado mal na escola, quando era criança, e de ter sido ele quem foi buscá-lo. Na ocasião, Shozo ficou lívido e Mitsui o reanimou, acariciando-lhe as costas enquanto ele vomitava à beira do rio. Lembraria Mitsui, com o seu rosto contrito, quase inexpressivo, de algo tão trivial, ocorrido tanto tempo atrás? Shozo gostaria de lhe perguntar suas impressões sobre os tempos atuais. O velho, porém, sempre num canto do escritório, tinha certa resistência à aproximação das pessoas.

Certa vez um membro da intendência veio solicitar argolas para prender as cortinas corta-luz. Ueda de imediato buscou as argolas no depósito e as alinhou sobre a mesa do escritório.

— Quantas há em cada caixa? — indagou o oficial da intendência.

— Umas mil, talvez — respondeu Ueda com displicência.

O velho, que observava tudo com atenção de seu canto, nesse momento interveio num rompante.

— Mil? Isso é impossível.

Ueda o olhou espantado.

— Lógico que são mil. Sempre foi assim!

— Não, você se engana.

O velho se levantou e trouxe consigo uma balança. Pesou cem argolas e em seguida a caixa cheia. Dividindo o total pelo peso das cem, obteve o resultado de setecentas argolas.

A festa de despedida para Katayama foi realizada na fábrica Mori. Pessoas até então estranhas a Shozo apareceram no escritório, levando coisas de procedência ignorada. Shozo enfim percebeu que elas eram integrantes dos diversos grupos de trocas mútuas de objetos dos quais Junichi fazia parte... Nessa época, as longas desavenças entre Takako e Junichi se tornaram ambíguas e caminharam para uma inesperada solução.

Em razão da operação de evacuação, Takako se instalou em uma casa em Itsukaichi e deixou a cozinha da família Mori aos cuidados de Yasuko, que ficara sozinha depois de o filho ir embora na evacuação das crianças em idade escolar. Com essa decisão, Takako retornou animadíssima para a casa, para empacotar as coisas para a mudança. No entanto, mais do que Takako, foi Junichi quem se concentrou no empacotamento. Ele embalava os objetos com cuidado usando cordas e preparava capas e caixas. Nas pausas dessa tarefa, retornava ao escritório, onde preenchia cheques à máquina e atendia clientes. À noite, bebia sozinho em companhia da irmã. O saquê, vindo não se sabe de onde, deixava Junichi de bom humor.

Certa manhã, alguns B-29 sobrevoaram baixo a cidade. Todas as estudantes que trabalhavam no setor de costura da Fábrica Mori olharam pela janela ou se esgueiraram até o telhado, fascinadas com o rastilho de fumaça deixado no céu. Cada uma delas exclamava, admirada: "Como são lindos!", ou "Que velocidade!". Era a primeira vez que os B-29 apareciam nos céus da cidade com seus rastilhos de fumaça… Shozo não via rastilhos de fumaça de avião desde o ano anterior, quando estivera em Tóquio.

No dia seguinte, chegou uma carroça para levar os pertences de Takako para a casa de Itsukaichi.

— É que nem um segundo matrimônio! — exclamou ela, sorridente.

Cumprimentou as pessoas da vizinhança e partiu. Todavia, quatro ou cinco dias depois, retornou para uma festa de despedida promovida pelos vizinhos. Era um dia de corte de eletricidade, desde a manhãzinha o almofariz fora deixado na cozinha e Junichi e Yasuko se preparavam para fazer os bolinhos de arroz *mochi*. Em seguida, senhoras da associação de moradores foram aparecendo pouco a pouco na cozinha… Então, Shozo viu-se obrigado a ouvir entediado as fofocas da irmã sobre esses vizinhos: quem estava de conluio com quem; quais famílias estavam brigando; como cada um estava se virando para escapar ao racionamento. As mulheres que deram as caras na cozinha tinham temperamento difícil, mas eram donas de uma energia impossível de ser comparada à de alguém como Shozo, além de parecerem ter um instinto inato para se comportar com falsa ingenuidade...

— Vamos aproveitar para encher a cara enquanto podemos.

Vários colegas de Junichi foram organizar o banquete, deixando a cozinha da família Mori bastante agitada. Nessas horas, as esposas da vizinhança vinham lhes servir de reforço.

Num sonho, Shozo sentiu que estava caindo, açoitado por uma tempestade. Na sequência, os vidros da janela reverberaram com força. Depois, ouviu gritos de "fumaça, fumaça..." em algum lugar bem próximo. Cambaleante, aproximou-se da janela do andar de cima e vislumbrou no céu, a oeste, uma densa coluna de fumaça negra se elevando. Arrumou-se, desceu as escadas, mas então os aviões já haviam passado...

Seiji aparentava estar preocupado. Admoestou Shozo:

— Não é hora de ficar dormindo até tarde.

Shozo nem sequer ouviu o alarme soar naquela manhã. Embora o rádio anunciasse que o avião rumava para Hamada (porto da província de Shimane, na costa do mar do Japão), pouco depois aconteceu: uma chuva de bombas foi lançada ao longo de Kamiya. Isso foi no último dia de abril.

A partir de maio, toda noite eram realizados exercícios preparatórios dos conscritos no auditório da escola pública da vizinhança. Shozo desconhecia isso e só percebeu quatro dias antes. A partir desse dia, terminava mais cedo o jantar e também ia até o auditório. Naquele momento, a escola já estava sendo usada como caserna. Um grupo composto por pessoas um pouco idosas e por outras bem mais jovens se reuniu no tablado do auditório fracamente iluminado. Um jovem instrutor, de tez corada e empertigado, tinha as canelas das botas lustrosas murchas feito borracha.

— Só você não percebeu que todo mundo está vindo para os exercícios? — o instrutor foi perguntando, de início com calma, a Shozo, que lhe sussurrou uma desculpa.

— Fale mais alto! — berrou de súbito o instrutor, com uma voz assustadora.

Aos poucos Shozo também foi percebendo que todos ali tinham a voz esganiçada. Ele também balançou a cabeça e procurou desalentado elevar a voz na medida do possível. Ao retornar para casa, cansado, ainda sentia em todo o corpo o tom da raiva… O instrutor reuniu um grupo de jovens e treinou cada um deles na convocação. O exercício avançou a contento, com os jovens respondendo animados às perguntas feitas pelo instrutor. Quando chegou a vez de um rapaz que mancava, o instrutor o olhou de cima do tablado onde estava.

— Sua ocupação é fotógrafo?

— Isso mesmo, meu senhor — respondeu o jovem, no tom obsequioso de um comerciante.

— Sem exageros. Apenas um sim é suficiente. Até agora eu estava de bom humor, mas receber uma resposta dessa me deixou desanimado — riu com amargor o instrutor.

Essa confissão fez Shozo perceber num instante que o instrutor estava bêbado.

Ao voltar para casa, Shozo não parava de dizer à irmã:

— É o cúmulo do absurdo. O exército japonês está formalmente embriagado. Apenas isso.

Naquela manhã sombria, podia começar a chover a qualquer momento. Shozo estava na fila, no pátio da escola pública. Embora tivesse chegado às cinco horas, tudo aquilo não passava da repetição das orientações e disposições em fila, e nada de partirem. Nessa manhã, o instrutor deu uma bofetada num jovem, dizendo que a atitude dele era inadmissível, e parecia ainda estar cheio de entusiasmo com o feito. Nesse momento, apareceu um homem de meia-idade, impregnado de sujeira, e começou a reclamar sem parar.

— Como é? — Apenas a voz do instrutor foi ouvida por todos no recinto. — Você não participou nem uma vez dos exercícios preparatórios e só dá as caras nesta manhã?

O instrutor o examinou com severidade.

— Dispa-se! — berrou.

Ouvindo isso, o homem começou a desabotoar a camisa com timidez.

O instrutor se enfureceu ainda mais.

— Vou lhe mostrar como se despir!

Ele arrastou o homem até o centro do pátio, virou-o de costas e arrancou sua camisa com um gesto brusco. As costas do outro, disformes, cobertas de escaras, se expuseram à luz do sol atenuada pela bruma verde-azulada que se elevava.

— Esse corpo precisa de repouso absoluto? — O instrutor fez uma pausa antes de passar para o movimento seguinte. — Canalha!

Ao mesmo tempo que falava, desferia socos. Nesse momento, a sirene instalada no pátio da escola começou a ecoar um gemido de alerta. O som forte e melancólico acrescentava um tom ainda mais sinistro à cena. Por fim, quando a sirene cessou, o instrutor ainda parecia muito satisfeito com o efeito de sua atuação.

— Vou denunciar este homem à polícia militar — declarou a todos, e em seguida, pela primeira vez, ordenou a partida.

Quando o grupo se aproximou do Campo de Treinamento Oeste, aos poucos a chuva começou a cair. O som de passos pesados continuou ao longo do fosso. Do outro lado desse fosso ficava a Segunda Unidade do Comando Oeste, mas os olhos de Shozo de repente se fixaram nas azaleias, florescendo vermelhas feito fogo na barragem verde-escura.

A maior parte da bagagem de Yasuko continuava no barracão da casa de Junichi, com exceção de uma ou duas malas que enviara para o local onde o filho se refugiara e de uma caixa cuja guarda ela confiara a conhecidos no interior. Os objetos pessoais e instrumentos de trabalho dela foram colocados no cômodo de seis tatames onde a máquina de costura estava instalada. Ela se aprazia em trabalhar em um cômodo cheio, com os trabalhos em andamento espalhados, em completa indiferença em relação à bagunça. Com o tempo chuvoso e escurecendo cedo, os ratos rastejavam, fazendo barulho ao subir para se esconder atrás das caixas de papelão. Junichi, apaixonado por limpeza, por vezes repreendia a irmã, mas nessas horas Yasuko apenas procedia a uma arrumação ligeira, e o cômodo logo voltava à barafunda de antes. Ela volta e meia confessava a Seiji que, com o trabalho, a cozinha e a limpeza, era-lhe impossível deixar a enorme casa do jeito que Junichi gostaria... Desde que alugara uma casa em Itsukaichi, Junichi se lembrava de um ou outro objeto para levar em caso de evacuação, e apesar de quase todos os dias estar ocupado com o empacotamento, criou o hábito de arrumar a casa com esmero após ter espalhado os pacotes. Sua mochila, repleta de suprimentos a serem levados numa eventual fuga, ficava pendurada por uma corda do teto da varanda. Era uma forma de protegê-la dos ratos... Ele pedira a Nishizaki para amarrar a bagagem com corda, e os dois a carregaram até um canto da fábrica. No escritório, Junichi pôs os óculos para ler dois ou três documentos, depois se dirigiu de repente à sala de banho, onde se pôs a esfregar com afinco o chão do lavatório.

Nessa época, o corpo e a mente de Junichi rodavam muito, tal qual um pião. Embora ele tivesse evacuado Takako, o Conselho Distrital negou a evacuação do pessoal encarregado da defesa aérea, e o certificado de mudança de endereço não foi emitido. Por isso, Junichi tinha de levar víveres também até onde estava Takako. Ele conseguiu obter um passe de trem para Itsukaichi e ficava em constante vaivém, para que não faltasse arroz... Quando a limpeza da sala de banhos terminou, Junichi já tinha o plano para o empacotamento no dia seguinte. Secou mãos e pés e calçou os tamancos para ir ver o barracão. Bem ao lado da entrada, amontoavam-se em desordem as bagagens de Yasuko. Caixas de onde algo fora retirado permaneciam destampadas, com roupas caindo para fora... Ele reparou, embora aquilo fosse corriqueiro. Por um tempo, observou tudo com frieza, mas de repente concordou consigo mesmo que seria bom ter mais baldes de reserva por ali.

Beirando os quarenta, Yasuko havia perdido a descontração dos tempos de estudante, e seu espírito cristalino a certa altura desaparecera. Em seu lugar, porém, agora havia nela um certo atrevimento. Sua vida se complicou desde que o marido morreu de uma enfermidade e ela se mudou com o filho ainda bebê para um local próximo de Junichi. Durante esse tempo, por mais de um ano ela viajou para aprender costura, mas, quando as vicissitudes a levaram para o fundo do poço, sofreu nas mãos da sogra, dos membros da associação de moradores e das cunhadas, e assim acabou até certo ponto conhecendo diferentes lados da vida. Nos últimos tempos, o que mais a interessava eram as outras pessoas. Especular sobre o sentimento dos outros tornou-se para ela quase um vício. E, bem do jeito dela, em vez de envolver uma pessoa na palma da mão, ela se distraía mantendo relacionamentos interessantes e modestas trocas de afeições. Tinha especial simpatia por um casal ingênuo, recém-casado, da vizinhança, que conhecera seis meses antes. Quando Junichi saía para Itsukaichi e ela ficava sozinha em casa à noite, Yasuko convidava o casal e preparava *dorayaki*.* Com os apagões de energia e o medo em relação ao futuro, esses eram para ela momentos de alegre descontração.

---

* Panqueca doce, que pode ter vários tipos de recheio: creme, doce de feijão azuki etc. [N.T.]

… Desde que lhe confiaram os trabalhos da cozinha na casa da família, também os sobrinhos dela, alunos secundaristas, acostumaram-se a ponto de tratá-la como uma irmã mais velha. O menor deles fora para Itsukaichi na companhia da mãe, mas o maior, que havia começado a fumar, viu-se seduzido pelos prazeres da vida noturna, o que o motivou a permanecer na casa. Ao entardecer, assim que retornava da fábrica da Mitsubishi, ele ia direto espiar a cozinha. Na prateleira havia pão cozido no vapor, rosquinhas ou outras novidades que Yasuko preparava expressamente para agradá-lo. Após se empanturrar no jantar, ele saía sorrateiro para as ruas escuras, e ao retornar ia direto relaxar na banheira do ofurô. Imerso na água quente, ele cantava com descontração melodias em voz alta, feito um operário de fábrica. Seu rosto ainda era infantil, mas o corpo era de adulto. Yasuko soltava risadinhas sempre que ouvia o sobrinho cantando… Quando Yasuko preparava *manju* recheado de pasta de feijão azuki e o servia a Junichi depois de seu drinque noturno, ele a elogiava muito. De camisa social azul e sentindo-se rejuvenescido, Junichi dizia, bem-humorado, em tom de galhofa:

— Pelo visto você ganhou peso. Ah, está engordando dia após dia.

Na realidade, Yasuko tinha o baixo-ventre protuberante, e o rosto transbordava a luminosidade de alguém em seus vinte anos. Cerca de uma vez por semana, no entanto, a cunhada retornava de Itsukaichi. Vestindo calças de trabalho largas e vistosas e recendendo a perfume, Takako parecia vir supervisionar o trabalho de Yasuko. Quando o alarme soava, Takako logo franzia o cenho, e tão logo cessava, ele ia embora às pressas, declarando: "Muito bem, vou embora antes que esse alarme barulhento volte a soar".

Quando Yasuko iniciava os preparativos do jantar, o segundo irmão, Seiji, sempre aparecia. Às vezes, radiante de contentamento, ele mostrava a ela um cartão-postal que dizia ter recebido dos filhos refugiados. Outras vezes, no entanto, Seiji reclamava por se sentir vacilante ou com tonturas. O rosto dele estava sem viço, e ressaltavam sinais de impaciência. Quando Yasuko lhe oferecia um bolinho de arroz, ele comia calado, com satisfação. Depois, observando como todos na casa estavam ocupados com as tarefas de evacuação, sorria zombeteiro, dizendo: "Seria bom se levassem também as lanternas de pedra e as plantas nos vasos".

Yasuko andava preocupada com uma cômoda e uma penteadeira abandonadas no barracão.

— Seria bom criar uma moldura para o espelho da penteadeira — Junichi chegou a dizer.

Bastaria uma palavra com Nishizaki e as coisas se resolveriam, mas, ocupado com a própria evacuação, Junichi parecia haver esquecido do caso. Talvez estivesse intimidado a pedir a Nishizaki. Se fosse uma ordem de Takako, Nishizaki a seguiria sem pestanejar, mas mostrava-se relutante quando se tratava de Yasuko... Naquela manhã, do escritório Yasuko observava com atenção Junichi ir até o barracão carregando um martelo. Como o rosto dele expressava serenidade, ela julgou que aquele seria o momento ideal para lhe pedir, e logo trouxe à baila o assunto da penteadeira.

— Penteadeira? — murmurou ele, insensível.

— Sim. Desejo evacuá-la o quanto antes.

Yasuko olhou fixo para o irmão, como se lhe implorasse. Junichi desviou o olhar.

— Aquele traste? Pouco me importa.

Dizendo isso, virou de costas e foi embora. De início, Yasuko sentiu-se lançada em um vazio. Depois, uma raiva crescente a fez estremecer, a transtornou. Se o objeto se tornou um traste, foi por culpa das inúmeras mudanças de endereço por que teve de passar. A mãe lhe presenteou com o móvel por ocasião do seu casamento. Quando se tratava dele, Junichi se apegava até mesmo a uma vassoura, mas se mostrava incapaz de entender o sentimento aflitivo de outra pessoa... Ela voltou a se lembrar do rosto terrível de Junichi certa noite.

Isso aconteceu por volta da época em que Takako se preparava para partir para Itsukaichi. Junichi desejava que a irmã se mudasse para a casa, para ocupar o lugar da esposa, cuidando de tudo, mas Yasuko relutava em aceitar. Antes de mais nada, embora fosse em parte uma censura indireta à cunhada mimada, ela também se preocupava com o filho, refugiado no distrito de Kake. Ela imaginava que, indo para lá, o seu papel seria o de mera governanta. A cunhada e Junichi vararam a noite tentando acalmar e convencer Yasuko.

— Você está mesmo irredutível? — perguntou Junichi, ganhando uma expressão séria.

— Sim, Hiroshima é perigosa, prefiro ir para Kake... — repetia ela.

De repente, Junichi pegou cascas de laranja de umbigo que estavam ao lado do braseiro oblongo e as atirou contra a parede à frente. Um ar violento não demorou a transbordar.

— Pois bem, pois bem, pense um pouco mais até amanhã — interveio a cunhada, com palavras de apaziguamento, mas Yasuko, ainda naquela noite, por fim acabou aceitando... Por um tempo ela caminhou de um lado para outro da casa, como que entorpecida, mas a certa altura subiu as escadas e chegou ao quarto de Shozo. Ele estava enfurnado ali desde manhãzinha e remendava meias. Ela lhe contou de um só fôlego sobre Junichi, e quando terminou, pela primeira vez os seus olhos se debulharam em lágrimas. Com isso, ela conseguiu se acalmar um pouco. Shozo, macambúzio, apenas ouvia.

Terminada a convocação, Shozo tendeu a cair em um estado de niilismo que ele próprio era incapaz de evitar. Sem muito o que fazer na época, era difícil aparecer no escritório. Quando ia, era para ler jornais. A Alemanha se rendera incondicionalmente, e no Japão clamava-se por uma batalha decisiva em solo pátrio, com a palavra "entrincheiramento" começando a ser ouvida. Shozo procurava farejar algo verdadeiro por trás dos editoriais. No entanto, volta e meia ele não podia ler o jornal por dois ou três dias. Até agora eles eram postos sobre a mesa de Junichi, mas por algum motivo haviam sido tirados de lá.

Apesar de sentir algo o perseguindo sem interrupção, sua letargia o impedia de agir. Na maior parte do tempo, caminhava a esmo pela casa, entediado... Ao meio-dia, as estudantes que trabalhavam na fábrica iam até a cozinha para buscar chá. Estavam, naquele momento, libertas das suas tarefas, e suas vozes agitadas podiam ser ouvidas na viela da fábrica, separada da cozinha por uma parede de madeira preta.

Shozo sentou-se na varanda do refeitório e, assim que abaixou os olhos melancólicos para um pequeno lago formado aos seus pés, começou na fábrica a ginástica das alunas, e podia-se ouvir a voz radiante da líder de grupo: "Um, dois, um, dois". Era estranho como apenas essa gentil e animada voz feminina consolava o coração de Shozo... Por volta das três e meia, como se tivesse se lembrado de algo, ele voltou ao seu quarto, no andar de cima, para remendar as meias. Então, no andar de cima do escritório, no outro lado do jardim, apareceram as operárias a passos rápidos e o som da rotação das máquinas de costura elétricas chegou até Shozo. Enquanto sentia com a ponta dos dedos o buraco da agulha, um pensamento lhe atravessou a mente: o de que ele fugiria calçando aquelas meias...

... Depois disso, não era incomum vê-lo caminhando em desalento pelas ruas ao pôr do sol. Como os prédios da cidade iam sendo destruídos sucessivamente, viam-se descampados em locais inusitados, entremeados de toscas trincheiras de terra. Ao dobrar uma rua muito larga, por onde raros bondes passavam, chegava-se a um aterro ao longo do rio, onde, ao lado das ruínas de um muro de barro, cresciam figueiras de folhas largas e pesadas. O espaço na penumbra não se dissolvia com facilidade na noite em razão da densa umidade que o ar carregava. Shozo sentia como se caminhasse por terras desconhecidas... Todavia, depois de atravessar o aterro, chegou à entrada da ponte Kyobashi, e a partir dali voltou a caminhar pelo aterro ao longo do rio. Ao chegar ao portão da casa de Seiji, a primeira a chamá-lo foi a sobrinha, que brincava à beira da rua, e em seguida o sobrinho, aluno da primeira série, correu em sua direção.

Puxou com força a mão de Shozo, arranhando-lhe o pulso com suas unhas miúdas e duras.

Por essa época, Shozo começou a desejar um bornal para usar numa eventual fuga. Sempre que o alarme soava, saía carregando suas coisas embrulhadas numa trouxa, enquanto os irmãos tinham esplêndidas mochilas, e Yasuko uma bolsa que levava a tiracolo. Yasuko prometera costurar um bornal para ele, se tivesse o tecido. Por isso, Shozo consultou Junichi.

— Pano para um bornal? — resmungou o irmão, evasivo.

Pela expressão ambígua no rosto de Junichi, não era possível saber se a peça estaria ou não disponível. Shozo esperou, acreditando que o irmão em breve a traria, mas, como aquilo não estava nem um pouco claro, voltou a cobrar o irmão. Sorrindo de maneira perversa, Junichi lhe falou:

— Você não precisa de um! Se quer algo para levar suas coisas ao fugir, pegue uma daquelas mochilas penduradas ali, qualquer uma.

Por mais que Shozo explicasse que o bornal serviria para guardar apenas documentos importantes e artigos pessoais, Junichi não lhe deu atenção. Shozo soltou um profundo suspiro. Não conseguia compreender o que passava pela cabeça do irmão.

— Tente se mostrar amuado. Ele fica sem graça quando começo a chorar — Yasuko explicou como manipular Junichi.

Mesmo no caso da penteadeira, ela acabou conseguindo por completo fazer Junichi enviar o móvel para a operação de evacuação. Shozo, porém, não tinha talento para essas estratégias graduais… Foi até a casa de Seiji para falar sobre o bornal. Seiji pegou um pedaço de tecido adequado e lhe disse:

— Isso deve ser suficiente. Vale uma saca de arroz no escambo. O que você oferece?

Com o tecido em mãos, Shozo pediu a Yasuko que confeccionasse o bornal.

— Por que você só pensa em fugir? — perguntou a irmã, de um jeito perverso.

A cidade não havia sofrido ataques aéreos desde o bombardeio de 30 de abril. Portanto, a evacuação da cidade era ora lenta, ora rápida, e o coração das pessoas se alternava quase sempre entre a tensão e o relaxamento. O alarme soava quase toda noite, mas como os aviões só deixavam cair minas na região do porto, até na fábrica Mori foi abolido o sistema de turnos de vigilância. Todavia, aos poucos a sensação de que ocorreria uma batalha decisiva em solo pátrio se intensificava.

Certo dia, no escritório, Shozo informou a Seiji que o marechal Hata estava em Hiroshima. Explicou que havia um Quartel General de Entrincheiramento no Campo de Treinamento Leste. Aparentemente Hiroshima se tornaria o derradeiro bastião!

Seiji mantinha certo ceticismo, mas, comparado a Shozo, parecia convicto sobre a iminente batalha decisiva.

— Sobre o marechal Hata, bem… — disse Ueda, em tom indolente. — Dizem que em Futabanosato ele passa os dias comendo grandes pães cozidos no vapor, dois de cada vez.

À noite, o rádio no escritório anunciou o ataque de quinhentos B-29 à área de Tóquio-Yokohama. Ouvindo isso, o velho Mitsui fez caretas e soltou um inesperado grito de admiração:

— Nossa, quinhentos!

Todos se puseram a rir.

Um dia, os proprietários de fábricas na cidade se reuniram no andar de cima do Comissariado de Polícia Leste para receber algumas instruções. Shozo compareceu, representando a fábrica. Participava pela primeira vez de um encontro semelhante e, tentando aplacar o tédio, mergulhou em seus próprios pensamentos. Pouco depois se deu conta de que o orador mudara e que um policial corpulento estava prestes a falar. Shozo começou a sentir certo interesse pela aparência do homem. Com bom físico e rosto bonito, era o típico modelo de um policial.

— Agora vou discorrer brevemente sobre os treinamentos de defesa aérea.

A voz dele também era bastante alegre e efusiva… Shozo ouvia com desconfiança, afinal, enquanto todas as cidades do país estavam expostas a chuvas de bombas, ali se falava em exercícios?

— Bem, como é do conhecimento de todos, atualmente não param de chegar vítimas à cidade de Hiroshima, provenientes não apenas de Tóquio, como de Nagoya ou da área de Osaka e Kobe. O que esses refugiados relatam aos nossos cidadãos? Resmungam: "Oh, céus! Os bombardeios foram terríveis, terríveis. O melhor que vocês podem fazer é fugir, o mais rápido possível". Entretanto, no final das contas eles não passam de uns fracassados em termos de defesa aérea. Pessoas ignorantes, uns pobres coitados. Nós, detentores de uma grande autossuficiência, não devemos dar ouvidos ao que eles dizem. De fato, a guerra é violenta, os ataques aéreos se intensificaram. Porém, não importa qual seja o perigo, se tivermos uma defesa sólida, não há razão alguma para temer.

Dizendo isso, ele se virou para o quadro-negro e iniciou as reais explicações, servindo-se de diagramas… Quem ouvisse a conversa dele, destituída de qualquer apreensão, imaginaria que os ataques aéreos eram uma questão simples e clara e, ao mesmo tempo, que a vida humana também estaria sujeita apenas a ações físicas simples e claras. *Que homem singular*, Shozo pensou. Contudo, com certeza havia no Japão incontáveis robôs aprazíveis como ele.

Junichi nunca saía para Itsukaichi de mãos abanando, sempre enchendo a mochila com pequenos artigos. Como ia embora depois do jantar, certa noite convidou Shozo:

— Que tal me acompanhar? Numa eventualidade, as coisas vão se complicar se você não souber como chegar lá.

Ele pediu que ele carregasse um pequeno embrulho e partiram juntos para a parada do bonde. Aquele com destino a Koi custava a passar, e Shozo não parava de observar a outra ponta da ampla rua. Para além dos prédios, despontava com nitidez a silhueta curvilínea do monte Gosaso.

Carregado com a cerração do entardecer estival, o monte se enchia de vida. As demais montanhas da cordilheira, sempre de ar sonolento, estavam naquele dia repletas de terrível vitalidade. Nuvens flutuavam com lentidão dentro dessa leve e imensurável forma. As montanhas pareciam tremer, como se a qualquer instante fossem chamar umas às outras. Era uma estranha paisagem. Naquele momento, Shozo vislumbrou toda a imensa composição circundando a cidade... Depois de o bonde transpor vários rios de águas límpidas e chegar ao subúrbio, os olhos de Shozo continuavam a devorar o cenário fora da janela. A região ao longo do trajeto outrora vivia animada com banhistas, e o vento soprando agora pela janela trouxe o aroma de nostálgicas recordações. Mas a aparência da cordilheira de Chugoku, objeto há pouco da admiração de Shozo, ainda não arrefecera a vitalidade. Sob o céu crepuscular, as montanhas exibiam um verde ainda mais pronunciado, e as ilhas no mar interior de Seto também se destacavam com nitidez. As ondas, calmas e azuis, pareciam prestes a enlouquecer, agitadas por uma tempestade ilimitada.

Veio à mente de Shozo o sempre familiar mapa do Japão. Na extremidade do infinitamente amplo oceano Pacífico, o arquipélago japonês refletia-se primeiro no formato de pequenos pontos. A esquadrilha de B-29 decolando da base das ilhas Marianas cortava as nuvens feito estrelas cadentes. O arquipélago japonês fica bem próximo delas. A esquadrilha se dividiu em duas sobre Hachijojima, com uma das formações rumando direto para o monte Fuji e a outra avançando em direção ao canal de Kii, ao longo do mar de Kumano. Um avião, porém, se afastou com suavidade dos demais, passou o cabo de Muroto e continuou rápido rumo à baía de Tosa... Após o avião transpor os cumes de uma cadeia de montanhas agrupadas feito espuma para além de prados verdejantes, eis que aparece o mar interior de Seto, calmo que nem um espelho. O avião ronda os céus sobre a baía de Hiroshima, inspecionando as ilhas dispersas sobre a superfície do espelho. Sob os raios de sol do meio-dia, muitíssimo fortes, a cordilheira de Chugoku e a massa de cidades voltadas para a entrada da baía formam uma indistinta cor púrpura… Os contornos do porto de Ujina logo aparecem, e a partir dali a cidade de Hiroshima se descortina em sua inteireza. O rio Ota, fluindo ao longo do desfiladeiro entre as montanhas, se bifurca à entrada da cidade, e as divisões se multiplicam, a urbe se estendendo pelo delta. A cidade é cercada, na parte de trás, por montanhas baixas, com os dois campos de treinamento quadrangulares reluzindo grandes e brancos. Nos últimos tempos, porém, espaços vazios, como marcas da evacuação, formam-se por todo canto da cidade dividida por rios. Representariam aquelas defesas contra bombas incendiárias uma posição inexpugnável?… De repente, uma ponte é revelada pelos binóculos. Grupos de pessoas do tamanho de grãos de feijão ainda agora se movimentam alvoroçadas ao redor. São, sem dúvida, soldados. Soldados… Parecem ter se apossado de toda a cidade. Não apenas as sombras coleando como formigas no campo de treinamento, mas também aquelas, ao redor dos predinhos, eram soldados… A sirene teria soado? Um grande número de carroças circula pela cidade. Um trem que parece de brinquedo se move devagar pelos verdes campos de arroz às margens da cidade… Adeus, calma cidade! Um b-29 deu meia-volta e voou embora com placidez.

Por volta do término da guerra no arquipélago de Ryukyu, ocorreu um grande ataque aéreo à cidade de Okayama, na província vizinha, e em seguida, desde a madrugada de 30 de junho, a cidade de Kure foi totalmente incendiada. Nessa noite, os ouvidos dos cidadãos foram atormentados pelo barulho constante de esquadrilhas cortando os céus de Hiroshima. Ao chegar à fábrica Mori, os olhos de Seiji reluziam sob o capuz de defesa antiaérea. A fábrica e o escritório estavam desertos, mas Yasuko, Shozo e o sobrinho secundarista estavam acocorados no portão. *Apenas os três para defender esse local enorme?*, Seiji logo pensou. Nesse momento, a campainha de alerta de incêndio soou na parte da frente e alguém gritou: "Abriguem-se!". Os quatro se esconderam às pressas no abrigo do jardim. O céu de densas nuvens não parecia clarear com facilidade, e podiam-se ouvir sucessivos estrondos de detonação. O alarme só foi finalmente suspenso quando se começou a vislumbrar o contorno das coisas com nitidez.

... A calma voltou a reinar na cidade. Bastante excitado, Junichi caminhava a passos ligeiros. Não havia pregado o olho em Itsukaichi, observando durante toda a noite as chamas ardendo vívidas do outro lado da baía. Decidiu voltar para casa o mais rapidamente possível enquanto murmurava para si mesmo: *Não devemos nos descuidar. O fogo chegou até os nossos calcanhares.* Os bondes naquela manhã também custavam a passar. Os passageiros todos carregavam no rosto uma expressão indistinta. O sol da manhã já estava bem alto quando Junichi apareceu no escritório, mas também ali encontrou apenas pessoas de rosto sonolento.

— Não há tempo a perder. Vamos de imediato evacuar a fábrica — declarou Seiji, tão logo perscrutou o rosto de Junichi.

Remoção das máquinas de costura, solicitação à prefeitura provincial de envio de carroças puxadas por cavalos, a reorganização dos objetos domésticos: Junichi tinha muitos assuntos urgentes a tratar. Aconselhava-se com Seiji, mas este apenas questionava detalhes insignificantes e não agia com rapidez. Junichi ardia de vontade de lhe aplicar umas chicotadas.

Dois dias depois, foi a vez dos rumores sobre um possível grande ataque aéreo a Hiroshima se alastrarem que nem rastilho de pólvora. À noite, quando Ueda transmitiu a Junichi o alerta do Depósito de Suprimentos do Exército, este apressou Yasuko para que terminassem o jantar mais cedo. Depois, olhando para a irmã e Shozo, disse:

— Vou sair agora, e peço que vocês cuidem de tudo.

— Se o alarme antiaéreo soar, nós vamos fugir… — Shozo deixou bem claro.

Junichi assentiu com a cabeça.

— Se as coisas se complicarem, joguem as máquinas de costura no poço.

De repente, brotou em Shozo uma ideia mais ousada.

— E se bloqueássemos a porta do barracão? Posso aproveitar para fazer isso já.

Tendo dito isso, foi até a frente do barracão. No passado, usaram argila como argamassa, mas vedar a porta do barracão nunca fora feito na época do pai. Shozo colocou a escada e introduziu a argila pastosa nas frestas entre a porta e a parede branca.

Quando terminou, Junichi já não estava mais ali. Preocupado, Shozo foi até a casa de Seiji.

— Aparentemente esta vai ser uma noite crítica… — constatou Shozo.

— Deveria ser um segredo, mas o nosso vizinho Kojima soube disso à noitinha, na repartição onde trabalha — Mitsuko começou a falar com desatenção, enquanto enfiava apressada coisas nas sacolas.

Preparativos quase concluídos, Shozo se enfiou dentro do mosquiteiro, no cômodo de seis tatames do térreo; ele começara a dormir ali nos últimos tempos. O rádio anunciou um alerta preliminar na costa de Tosa. De dentro do mosquiteiro, Shozo apurou os ouvidos. As províncias de Kochi e Ehime estavam em alerta preliminar, que logo passou para alarme antiaéreo. Shozo engatinhou para fora do mosquiteiro e vestiu as perneiras. Pendurou o bornal num ombro, o cantil no outro e os amarrou com um cinto. Procurou os sapatos no hall de entrada, e quando terminava de calçar as luvas, uma sirene soou o alerta preliminar. Shozo precipitou-se para a rua, indo sem demora para a casa de Seiji. Na escuridão, o asfalto opunha resistência às duras solas de seus sapatos. Ele tomou consciência de como suas pernas caminhavam com muita determinação. O portão da casa de Seiji estava escancarado. Por mais que Shozo batesse na porta, não obtinha resposta. Pelo visto, já haviam fugido. Shozo se apressou até o caminho do aterro, avançando até a ponte Sakae. Quando chegou próximo dela, a sirene começou a ribombar o alarme antiaéreo.

Após atravessar absorto a ponte, circundou a barragem atrás do parque Nigitsu e logo chegou ao aterro, para os lados de Ushita. Foi então que Shozo percebeu um grupo de pessoas aglomeradas bem próximo a ele. Havia todo tipo de cidadãos, homens e mulheres, jovens e velhos, aparentando forte determinação. Um carrinho puxado por bicicleta, repleto de panelas, e um carrinho de bebê levando uma idosa abriam caminho por entre a multidão. Um homem usava um elegante capacete de ferro, tendo um cão do exército puxando a sua bicicleta; um velho mancava apoiado na bengala… Um caminhão surgiu. Um cavalo passou. O caminho estreito e escuro estava naquele momento tomado de animação, como num dia festivo… Shozo se sentou em um toco disposto ao lado de uma cisterna, à sombra de uma árvore.

— Você acha que estamos seguros aqui? — perguntou uma idosa ao passar.

— Provavelmente, sim. O rio fica bem em frente, e não há casas nas imediações — disse Shozo, girando a tampa do cantil.

O céu sobre Hiroshima estava embaçado, dando a impressão de que a qualquer momento poderia se encher de chamas. Enquanto refletia sobre o que aconteceria com ele caso a cidade fosse aniquilada pelo fogo, Shozo sentia interesse pelo destino dos refugiados diante dele.

Ocorreu-lhe a cena dos refugiados no início de *Hermann e Dorothea,* de Goethe. Mas, em comparação, aquela vista era ainda mais aflitiva… Um tempo depois, o alarme antiaéreo foi suspenso, e em seguida também o alerta preliminar. As pessoas iam aos poucos se afastando do caminho do aterro. Shozo também retornou pelo caminho que fizera. A rua estava mais cheia de gente do que quando ele viera. Aos berros, enfermeiros chegavam uns após os outros, carregando doentes em macas.

Folhetos caíam do céu, alertando para a iminência de bombardeios, e os cidadãos apavorados começavam a ir se refugiar em grande número assim que o sol se punha. Apesar de ainda não haver alertas, o rio acima, as praças dos subúrbios e o sopé das montanhas estavam repletos dessas pessoas. Sobre a relva, colocavam mosquiteiros, roupa de cama e até utensílios de cozinha. Os trens da linha Miyajima viviam lotados durante o dia, e à noite a situação piorava de forma considerável. Porém, mesmo esse instinto natural logo acabou sendo regulado com severidade pelas autoridades. O fato de não permitirem a evacuação do pessoal necessário para a defesa aérea já estava há tempos regulamentado, mas desta vez, procurando vigiar a sua ausência, colaram uma folha com nomes e idades em cada porta. À noite, soldados e policiais munidos de baionetas se postavam em vigilância na entrada da ponte e em cada esquina. Intimidavam os fracos cidadãos incitando-os a proteger a cidade até a morte, mas as pessoas, pressionadas como ratos encurralados, escapavam pelas costas deles. Quando fugia durante a noite, Shozo percebeu que as casas desertas eram em maior número do que as habitadas.

Desde a noite de 3 de julho até a de 5 de agosto — a de sua derradeira escapada —, bastava a situação noturna se tornar estranha para que Shozo também se pusesse em fuga. Assim que soava o alerta preliminar ao longo da costa de Tosa, ele começava a fazer os seus preparativos. Desde a emissão do alarme antiaéreo nas províncias de Kochi e Ehime até o alerta preliminar nas províncias de Hiroshima e Yamaguchi, nem dez minutos se passavam. Ele podia vestir as perneiras mesmo em plena escuridão, mas demorava um pouco para lidar com coisas pequenas, como uma toalha de mão ou a calçadeira. No entanto, antes de soar o alerta preliminar ele decerto estaria calçando os sapatos no hall de entrada. Yasuko se arrumaria no seu ritmo, mas chegaria ao hall ao mesmo tempo que Shozo. Eles deixariam a casa um após o outro… Shozo sabia que o alerta soaria apenas dez passos depois de dobrar uma esquina. Com efeito, a severa sirene de alerta reverberou por toda a escuridão. *Ah, que rosnado desagradável, com os seus diversos altos e baixos! Poderiam ser comparados aos gritos lamuriantes de uma fera ferida. Como os historiadores os descreverão no futuro?* Essas eram as impressões dele, e depois havia as lembranças... Muito tempo atrás, bastaria ouvir ao longe a flauta de dançarinos fantasiados de leão chegando à cidade para empalidecer e fugir, mas a pureza do medo que sentia na época era diferente do medo de agora. O medo atual estava contido em uma moldura de tédio. Esse pensamento cruzou a mente dele por alguns segundos, e com a respiração entrecortada ele galgou os degraus de pedra até o aterro. Quando corria até o portão da casa de Seiji, ora toda a família havia concluído os preparativos, ora nada havia sido feito. Pouco antes ou depois de Shozo aparecer, Yasuko viria correndo até ali, com seu jeito peculiar.

— Amarre por favor os meus cordões — a pequena sobrinha pedia a Shozo, entregando-lhe o capuz.

Acabando de atá-los com firmeza, punha a sobrinha às costas e saía com ela pelo portão, antes dos outros. Depois de cruzar a ponte Sakae, relaxava os passos, respirando aliviado. Atravessava a cancela da linha ferroviária e, ao chegar ao aterro de Nigitsu, descia a sobrinha das costas até o gramado. A água do rio era vagamente branca e os grandes cedros lançavam sombras negras sobre o caminho. Lembraria a pequena sobrinha daquela paisagem no futuro? De repente surgia na cabeça suada de Shozo o romance *A vida de uma mulher,*[*]

---

[*] *Aru onna no shogai*, de Toson Shimazaki, 1969. [N.T.]

cuja protagonista começa a infância fugindo de casa a cada noite... Pouco depois, chegava a família de Seiji. A cunhada carregava um bebê nas costas e a empregada tinha algo nos braços. Yasuko caminhava com passo ligeiro, liderando o grupo e puxando o pequeno sobrinho pela mão. (No passado, ela fora retida e admoestada pelos guardas voluntários quando fugiu sozinha, e desde então passou a tomar emprestado o sobrinho para acompanhá-la.) Lado a lado, Seiji e o sobrinho secundarista seguiam atrás dela. Apuravam os ouvidos para ouvir o rádio de uma casa das imediações, pois, dependendo das circunstâncias, voltariam mais, rio acima. Avançando rápido pelo longo aterro, as casas começavam a rarear, e percebiam-se de forma imprecisa a superfície dos arrozais e o sopé dos montes. Ouvia-se o coaxado das rãs por toda a parte. Havia um incessante fluxo de pessoas fugindo em meio à silenciosa escuridão noturna. Antes que ele se desse conta, aos poucos amanhecia, e uma grande neblina envolvia o caminho de volta.

Em algumas ocasiões, Shozo fugia sozinho. No último mês, ele fora puxado para o treinamento dos reservistas. De início, reuniam-se mais de vinte pessoas na mesma situação, mas esse número foi aos poucos se reduzindo, e agora não passavam de quatro ou cinco.

— Haverá uma enorme convocação em agosto — disse o chefe da unidade.

Bem distante, na direção de Ujina, tremulavam no céu luzes de holofotes. Shozo foi posto de pé na escuridão do pátio da escola para ouvir o palavrório do segundo-tenente da reserva até acabar entediado. Terminado o treinamento, a sirene começou a tocar justo quando ele chegou em casa.

No entanto, no momento em que o alarme antiaéreo seguinte começava a soar, Shozo já havia concluído os preparativos. Como se continuasse no ritmo agitado do treinamento, ele se precipitava para a rua escura. Depois, ao ouvir o retinir dos seus passos, imaginava que era alguém retornando apressado para casa. Depois de passar com tranquilidade pelo posto de inspeção na ponte, por fim chegava ao aterro atrás de Nigitsu. Ali, pela primeira vez, Shozo parava e se sentava sobre a relva. A ponte de ferro estava logo ali, rio abaixo, e com a maré vazante o banco de areia branco parecia flutuar impreciso. Era uma paisagem que ele lembrava bem ter vislumbrado em seus frequentes passeios por ali, desde os tempos de adolescente. Todavia, o céu estrelado acima da cabeça de repente o fazia imaginar o estado de uma batalha campal. A sensação de serenidade de quando certo personagem de *Guerra e paz* de Tolstói teve refletida nos seus olhos a natureza exuberante. *Essa sensação me visitará em meu leito de morte?*, pensou. Nesse momento, ouviu-se um canto sutil vindo da copa de um cedro, logo acima da relva sobre a qual Shozo se acocorava. *Quem diria? Um cuco*, imaginou, sendo tomado por uma estranha sensação. *Se a guerra transferisse a sua batalha decisiva para solo pátrio e Hiroshima se tornasse o derradeiro baluarte, poderia eu lutar com disposição para perder a vida?...* Entretanto, que alucinação superior à loucura seria Hiroshima se tornar o último bastião! Fosse isso transformado num poema épico, decerto resultaria troncho e de uma crueldade sem limites... Shozo sentiu como se pudesse ouvir o batimento de asas de um pássaro invisível, bem acima de sua cabeça.

Em certas ocasiões, mesmo após o alerta ser suspenso e todos retornarem para a casa de Seiji, Shozo continuava por um tempo no hall de entrada, o ouvido colado no rádio. Os sobrinhos permaneciam calçados para a eventualidade de terem de voltar a fugir. No entanto, enquanto os adultos tinham a atenção voltada para o rádio, quando menos se esperava, o sobrinho, até há pouco falante, se estirava sobre o piso de pedra da entrada da casa e dormia respirando alto. A criança, acostumada àquela vida cheia de altos e baixos, roncava feito um soldado. (Shozo o observava imperturbado, sem poder imaginar que por fim o sobrinho também morreria feito um soldado. Ainda cursando o primeiro ano escolar, ele não pôde participar da operação de evacuação em grupo e continuava a frequentar por acaso a escola. Seis de agosto era o dia exato de ir à escola, e pela manhã, próximo ao Campo de Treinamento Oeste, aquela criança encontrou seu fim trágico.)

Quando, depois de esperar um tempo, eles se davam conta de que não havia perigo, Yasuko voltava em primeiro lugar, e logo em seguida Shozo também saía da casa de Seiji. Entretanto, ao retornar à casa da família principal, as duas camadas de roupa que ele usava estavam encharcadas de suor, e ele só desejava despir o quanto antes a camisa e as meias. Depois de tomar um banho, sentava numa cadeira da cozinha e pela primeira vez parecia se sentir aliviado.

— O capítulo desta noite chegou ao fim. Mas como será o de amanhã?

A noite seguinte também vai começar, sem dúvida, a partir da costa de Tosa. Nesse momento, as perneiras, bornais, sapatos, tudo o que ele havia preparado vai saltar de dentro da escuridão, e o caminho de fuga vai estar bem sob os seus pés... (Ao rememorar tudo isso mais tarde, Shozo se daria conta de como era bastante saudável na época, e de como agia com celeridade. O ser humano teria, sem falta, momentos inusitados na vida?)

A evacuação da fábrica Mori ocorreu com vagar. Mesmo tendo sido possível remover as máquinas de costura, não foi fácil obter as carroças para o transporte. Na manhã em que uma carroça chegou, todos se apressaram para realizar o carregamento, e Junichi se mostrava particularmente agitado. A determinada altura, carregaram na carroça todos os tatames do salão. Com os tatames arrancados e apenas as tábuas do assoalho e um sofá remanescentes, o cômodo parecia bem mais amplo. Shozo sentiu que com isso aquela casa também se aproximava de seu fim, mas de pé na varanda admirava com atenção as flores brancas num canto do jardim. Elas haviam começado a florescer desde a estação das monções, e quando uma estava prestes a fenecer, outra logo despontava. No momento, seis delas estavam em plena floração. Quando perguntei o nome da flor a Seiji, ele respondeu: gardênia. Pensando bem, era uma flor que Shozo se acostumara a admirar desde os tempos de menino, e ver sua aparência tranquila o fez se sentir nostálgico.

Shozo recebeu uma carta de um amigo de Tóquio de quem não tinha notícias há tempos:

Perdi a conta de quantos alarmes antiaéreos tivemos. Incêndios continuam a iluminar a costa. Ao soar o alarme, pego os meus

*manuscritos e procuro um refúgio. Estou realizando pesquisas
em matemática avançada. A matemática é linda! É uma pena
os artistas japoneses não entenderem isso.*

Ultimamente não chegavam notícias dos amigos dele que
viviam na província de Iwate. Kamaishi fora alvo de bombardeios navais, e a região não aparentava estar segura.

Certa manhã, Otani, que trabalhava em uma empresa
dos arredores, apareceu quando Shozo estava no escritório.
Parente de Takako, ele fazia visitas frequentes desde que ela
e Junichi se desentenderam, portanto já era um rosto bem
conhecido de Shozo. De pernas finas, envoltas por perneiras
pretas, torso franzino e um rosto oblongo, ele passava uma
impressão de fragilidade, e seu espírito condizia com seu porte
físico. Otani se aproximou sem cerimônia da mesa de Junichi.

— Como está Hiroshima? Ontem à noite eu juraria que
eles viriam para cima de nós, mas acabaram se desviando
para Ube. O inimigo nos conhece bem! Em Ube há fábricas
importantes. Em comparação, em Hiroshima só há soldados,
e de uma perspectiva industrial nós praticamente não representamos um problema. Nesses últimos tempos, comecei a me
convencer de que sem dúvida vai ficar tudo bem, que estando
aqui vamos escapar — argumentou, com muito bom humor.
(Na manhã de 6 de agosto, Otani desapareceu por completo,
a caminho do trabalho.)

… Contudo, ele não era o único a pensar que Hiroshima
escaparia incólume. As fugas noturnas, frequentes em determinado momento, aos poucos escassearam. Nesse ínterim, houve alguns ataques de aviõezinhos, mas as formações

que atravessavam os céus de Hiroshima em plena luz do dia não lançavam bombas sobre a cidade, e a bateria antiaérea do Campo de Treinamento Oeste chegou a abater um avião de médio porte.

— Hiroshima vai conseguir se defender, não é? — perguntou a um oficial um cidadão dentro do bonde.

O oficial assentiu calado.

— Ah, foi excitante. Raramente se vê uma batalha aérea como aquela — disse Yasuko a Shozo.

No salão sem tatames, Shozo lia absorto *Se o grão não morre*, de Gide. A insólita descrição da juventude e do ego desenvolvendo-se em meio ao abrasador calor da África deixou uma marca indelével na mente dele.

Seiji não acreditava que toda a cidade escaparia, mas sempre rezava para que a casa dele, na beira do rio, não fosse incendiada. Sonhava com o dia em que os filhos, ambos refugiados em Miyoshi, pudessem retornar sãos e salvos à casa, e todos voltariam a tomar banho de rio juntos. Contudo, por mais que pensasse, ele não sabia nem sequer vagamente se esse dia de fato chegaria.

— Seria bom evacuar para algum lugar ao menos as crianças pequenas… — Desde as fugas de todas as noites, essa se tornara uma preocupação constante de Yasuko.

— Faz alguma coisa logo — a esposa de Seiji, Mitsuko, nessa época também falava sobre a evacuação.

— Vai você então procurar um lugar — retrucava Seiji, bastante mal-humorado.

Ele não poderia imaginar como viveria na casa tendo a mulher e os filhos refugiados, ao contrário de Junichi, para quem tudo caminhava bem. Já consultava fazia algum tempo a esposa sobre alugar uma casa em algum lugar no interior e levar para lá pelo menos os pertences da família. Ele próprio, porém, não fazia ideia de onde poderia encontrar tal casa. Nos últimos tempos, Seiji parara de censurar o comportamento de Junichi, ruminando dentro de si todo o seu rancor.

Junichi, no entanto, não podia simplesmente abandonar Seiji e a família dele. Por fim, graças às diligências de Junichi, conseguiram alugar uma casa no campo. Mas não conseguiram contratar de imediato uma carroça para transportar suas coisas. Seiji ficou aliviado por ter encontrado a casa e se devotou por inteiro ao empacotamento dos objetos. O professor encarregado das crianças na evacuação coletiva em Miyoshi lhe informou que haveria um dia de encontro delas com os pais. Uma vez que iriam a Miyoshi, Seiji desejava levar todas as roupas de inverno, e a casa voltou a ficar de pernas para o ar com os preparativos para embalar os pacotes da evacuação e os objetos a serem levados para as crianças. Seiji tinha a estranha mania de escrever meticulosamente com um pincel o nome dos filhos em cada pacote com os objetos que levariam.

Havia anoitecido quando terminaram de arrumar e pôr tudo em ordem, e Seiji num repente mudou de humor e, pegando sua vara de pesca, saiu para o banco do rio logo em frente. Na época, os peixes haviam escasseado, mas lançar a linha era o momento da maior paz para ele... De repente, Seiji arregalou os olhos assustado com o barulho da água.

Com os olhos fixos no rio, ele sentia como se estivesse sonhando. Isso lhe evocava a cena do dilúvio no Velho Testamento, que lera outrora. Mitsuko apareceu no alto do barranco no lado da casa, gritando "Seiji, Seiji!". Quando galgava as escadas de pedra com a vara de pescar em punho, a mulher abruptamente falou: "É preciso evacuar!".

— O que houve? — perguntou ele, sem entender nada.

— Ogawa apareceu agora há pouco e nos avisou! Devemos nos mudar imediatamente, porque em três dias eles vão destruir a casa.

— Hum — resmungou Seiji. — E você concordou com isso?

— Mas é isso que estou tentando lhe dizer. Vai ser ruim para nós se não fizermos alguma coisa! Da última vez que encontrei Ogawa ele me explicou, mostrando os mapas, que a nossa casa estava fora da área do plano de evacuação. E agora, do nada, veio com essa história de que os regulamentos exigem um espaço vazio a cada vinte metros.

— Os filhos da puta nos enganaram?

— Não é lamentável? Vai ser ruim para nós se não fizermos alguma coisa! — Mitsuko começou a se irritar.

— Vá você resolver isso — Seiji se fez de indiferente, mas não era o momento para relaxar. — Vamos conversar com Junichi.

Os dois logo em seguida foram para a casa principal. Todavia, naquela noite Junichi também havia ido a Itsukaichi. Quando tentaram fazer um interurbano para ele, por alguma razão o telefone não funcionou. Mitsuko agarrou Yasuko para tornar a reclamar da atitude de Ogawa. Ouvindo isso, Seiji se sentiu completamente desesperado, com o peito angustiado ao pensar que três dias depois a casa seria destruída.

Quando jovem, Seiji era cristão, e de repente abriu a boca para orar.

— Senhor, fazei com que em até três dias Hiroshima sofra um intenso ataque aéreo.

Na manhã seguinte, a esposa de Seiji visitou Junichi no escritório e se arrastou em queixas sobre a operação de evacuação. Como a ideia parecia ter partido do conselheiro municipal Tazaki, ela queria que Junichi fosse conversar com ele.

Junichi a ouviu com atenção. Quando por fim telefonou para Itsukaichi, ordenou a Takako que voltasse de imediato. Em seguida, olhando para Seiji, criticou:

— Que jeito é esse? Quando eles dizem que vão evacuar o prédio, você só concorda e fica à mercê deles? Casas queimadas em um ataque aéreo são cobertas por seguro, mas aquelas destruídas devido à evacuação não recebem nem um tostão.

Algum tempo depois, Takako chegou. Depois de ouvir sobre todas as circunstâncias, saiu com tranquilidade, não sem antes anunciar:

— Vou falar agora com o senhor Tazaki.

Nem bem uma hora se passara, Takako voltou com o rosto irradiando felicidade.

— O senhor Tazaki se comprometeu a mandar suspender a evacuação de prédios naquela área.

Assim, a difícil questão em torno da casa de Seiji foi resolvida com facilidade. Justo naquele momento, o alerta preliminar foi suspenso.

— Muito bem, vou voltar enquanto outro alarme não soa e tudo fique muito barulhento — Takako apressou-se a sair.

Pouco depois, no galinheiro ao lado do barracão, dois pintinhos começaram a piar anunciando as horas. Suas vozes imberbes por um tempo divertiram Junichi, mas naquela hora ninguém estava prestando atenção neles. Raios de sol quentes inundavam o céu sereno sobre os lilases-da-índia... Havia ainda umas quarenta horas até que a bomba atômica fosse lançada sobre a cidade.

Kindai Bungaku, janeiro de 1949

FLORES DE VERÃO

Oh, bem-amados, corram o quanto puderem
pelos montes olorantes,
feito corças, feito cervos

Fui à cidade comprar flores com a intenção de visitar o túmulo de minha esposa. No bolso levava um maço de varetas de incenso retiradas do altar budista. Fui antes de 15 de agosto, o primeiro dia de Finados após a morte dela, pois duvidava que até lá minha cidade natal pudesse se manter sã e salva. Por ser justo num dia de corte de eletricidade, não vi nenhum outro homem pela manhã andando pela cidade como eu, que carregava flores. Embora ignorasse o nome das flores, elas pareciam realmente de verão, imbuídas da formosura bucólica de pétalas amarelas.

Lancei água sobre a lápide exposta a um sol escaldante, dividi as flores em dois molhos e os enfiei nos recipientes em cada lado do túmulo. Com isso, a frente da campa passou a transmitir uma sensação de limpeza e frescor. Por um tempo, contemplei as flores e a lápide. Abaixo dela estavam guardados não somente os ossos de minha esposa, mas também os dos meus pais. Acendi o incenso que levara e, após fazer uma vênia calado, bebi água do poço ao lado. Em seguida, retornei para casa, atravessando o parque Nigitsu. Tanto naquele dia como no seguinte, o meu bolso exalava o aroma do incenso. Dois dias depois a bomba atômica explodiu.

Salvei-me por estar na privada. Na manhã de 6 de agosto, eu me levantei da cama por volta das oito horas. O alarme antiaéreo soara duas vezes na noite anterior, mas, por não ter havido ataque nenhum, antes do amanhecer eu me despi por completo, vesti um quimono *yukata* e um calção, algo que não fazia há tempos, e fui dormir. Quando acordei, estava só de calção. Ao me ver assim, a minha irmã me censurou por eu ter acordado tarde e, sem contestar, entrei no compartimento da privada.

Não sei ao certo quantos segundos se passaram, mas recebi um golpe súbito na cabeça e tudo escureceu diante dos meus olhos. Soltei um grito espontâneo e, com as mãos segurando a cabeça, me ergui. Em plena escuridão, não entendia o que se passava, apenas ouvia o ruído de algo semelhante a uma tempestade a desabar. Aos tatos, abri a porta que dava para a varanda. Até aquele momento, eu me angustiava por ouvir com clareza apenas a minha voz a berrar misturada aos outros sons, embora não pudesse ver nada. No entanto, ao sair à varanda, por um tempo pude vislumbrar, sob uma tênue luminosidade, uma casa destruída, e o meu sentimento se tornou mais definido.

Era como se estivesse vivendo um horrível pesadelo. De início, quando recebi o golpe e não conseguia enxergar nada, compreendi que não estava morto. Depois, ao ver que tudo se complicara bastante, me enfureci. E o grito que emiti soava aos meus ouvidos como a voz de outra pessoa. Porém, quando a situação ao redor começou a se tornar mais clara, embora ainda indistinta, senti que estava de pé no palco de uma tragédia. Com certeza eu assistira a cenas semelhantes àquela em filmes. Espaços azuis podiam ser vistos através das densas nuvens de poeira, que em seguida se multiplicavam. Uma luz brilhava do local onde as paredes caíram e de direções inesperadas. Ao caminhar com cuidado pelas tábuas do soalho de onde os tatames tinham voado, minha irmã apareceu correndo na minha direção, com um vigor incrível.

— Você está bem? Não está ferido, não está ferido? — gritou ela. — O seu olho está sangrando. Vai lavar agora mesmo! — disse, me informando que ainda saía água na pia da cozinha.

Percebendo que estava nu, perguntei à minha irmã: "Não teria algo que eu possa vestir?". Com cuidado, ela retirou cuecas do armário que sobrevivera à destruição. Nesse momento, alguém entrou fazendo estranhos gestos. O homem, vestindo apenas camisa e com o rosto coberto de sangue, era um dos operários da fábrica.

— Fico feliz por você estar bem — disse ele ao me ver. — Telefone, telefone, preciso telefonar — murmurou, partindo apressado para algum lugar.

Por toda a casa havia rachaduras, móveis e tatames estavam espalhados, e apenas os pilares e umbrais apareciam. Um estranho silêncio perdurou por algum tempo. Aquela parecia ser a aparência derradeira da casa. Conforme soube depois, naquela área a maioria das casas desmoronou por completo. Apenas o andar de cima da nossa não caíra, e o assoalho se mantivera firme. Provavelmente por ter uma estrutura sólida. Ela fora construída quarenta anos atrás, por meu meticuloso pai.

Passei por cima do caos de tatames e portas deslizantes em busca de algo para me vestir. Logo encontrei um casaco, mas enquanto procurava calças aqui e ali, os meus olhos atarefados de repente repararam na posição e no formato dos objetos, espalhados em total desordem. O livro que eu lia até a noite anterior estava caído, com as páginas retorcidas. A moldura que tombara de uma prateleira alta cobria a minha cama de forma assustadora. Do nada, encontrei de repente meu cantil, e em seguida foi a vez do meu chapéu aparecer. Não achei as calças e acabei procurando alguma coisa com que pudesse calçar os pés.

Nesse momento, K., do escritório, apareceu na varanda da sala.

— Ai, me ajuda, estou ferido — soltou uma voz sofrida e caiu sentado no chão. Um pouco de sangue gotejava de sua testa, e os olhos estavam lacrimosos.

— Está ferido onde? — perguntei.

— No joelho — disse, pressionando o local e contorcendo o rosto pálido e encarquilhado.

Entreguei-lhe um pano que estava ao meu lado e calcei dois pares de meias, um sobre o outro.

— Ah, está saindo fumaça. Vamos fugir. Levem-me com vocês — K. insistia, me apressando.

K. era bem mais velho do que eu e estava sempre cheio de energia, mas naquele momento se mostrava meio perturbado.

Da varanda via-se uma massa de casas que desabara de uma vez, e, com exceção de um prédio de concreto armado um pouco adiante, nada me servia de orientação. No jardim, ao lado do muro de barro que tombara, o enorme tronco de um bordo estava partido ao meio, e sua copa fora lançada sobre o lavatório. Encurvado no abrigo antiaéreo, de repente K. disse algo estranho.

— Vamos aguentar por aqui mesmo. Temos até uma cisterna.

— Não, vamos até o rio! — repliquei.

— Rio? Qual é o caminho para chegarmos ao rio? — exagerou ele, com ar de desconfiança.

Seja como for, mesmo que quiséssemos, ainda não estávamos preparados para fugir. Retirei do armário um pijama que entreguei a ele e arranquei a cortina da varanda. Recolhi algumas almofadas. Ao virar o tatame da varanda, surgiu o bornal que eu havia preparado para uma eventual fuga. Aliviado, pendurei-o no ombro. Pequenas chamas vermelhas começaram a surgir no depósito da empresa farmacêutica vizinha. Tinha chegado a hora de começarmos a fugir. Saí por último, passando ao lado do bordo partido ao meio.

Aquele enorme bordo, que sempre esteve num canto do jardim, era a árvore objeto dos meus sonhos juvenis. Desde que, naquela primavera, eu estava de volta e passei a viver na minha casa natal depois de passar um longo tempo fora, achava bastante estranho não conseguir sentir por ela o encanto de outrora. Curiosamente, toda a minha terra natal perdera a sua leve naturalidade e me fazia sentir como se tivesse se tornado um aglomerado cruel e inorgânico. Sempre que entrava no salão que dava para o jardim, vinham-me à mente apenas as palavras de *A queda da casa de Usher*, de Edgar Allan Poe.

●

K. e eu avançamos devagar, passando por cima dos escombros das casas destruídas e desviando dos obstáculos no caminho. Logo os nossos pés chegaram a um terreno plano e soubemos que havíamos dado em uma rua. A partir dali, caminhamos por ela a passos ligeiros. Das sombras de um prédio desmoronado ouvimos uma voz lamuriosa chamando: "Senhor, por favor!". Ao nos virarmos, uma mulher com o rosto ensanguentado caminhou em prantos em nossa direção, clamando por socorro e seguindo-nos com obstinação, de uma forma ameaçadora.

Após avançarmos um pouco mais, nos deparamos com uma anciã de pé, no meio da rua, chorando aflita feito uma criança.

— Minha casa está queimando! Minha casa está queimando!

Subia fumaça de vários pontos por entre os escombros das casas, mas logo chegamos a uma área onde as chamas se espalhavam com violência. Corremos, e quando deixamos o lugar para trás, o caminho se tornou novamente plano e chegamos à entrada da ponte Sakae. Um grande número de pessoas se refugiara ali.

— Quem tiver força, pegue baldes e apague o fogo! — Alguém em cima da ponte demonstrava o seu esforço.

Tomei o caminho na direção do bosque do parque Sentei, onde me perdi de K.

O bosque de bambus tinha sido derrubado e abriu-se uma senda formada pelo furor das pessoas em fuga. Olhei para a copa das árvores. Em sua maioria, estavam decepadas. Ao longo do rio, aquele famoso jardim histórico agora estava todo desfigurado. De súbito vi o rosto de uma mulher de meia-idade agachada ao lado dos arbustos, com o corpo avantajado inerte. Só de ver seu rosto inexpressivo senti como se ele pudesse me infectar com algo. Pela primeira vez, eu vislumbrava um rosto semelhante. Depois disso, eu seria forçado a olhar para uma infinidade de rostos ainda mais grotescos.

No bosque próximo à beira do rio, cruzamos com um grupo de estudantes. Elas haviam fugido da fábrica e conversavam sobressaltadas, embora estivessem levemente machucadas e lutassem com a novidade dos acontecimentos que agora surgiam diante de seus olhos. Então o meu irmão mais velho apareceu. Vestindo apenas camisa, segurava uma garrafa de cerveja em uma das mãos e não parecia estar ferido. Na margem oposta do rio, até onde a vista alcançava, os prédios também sucumbiram e apenas os postes de eletricidade permaneciam de pé. O fogo se alastrava. Quando me sentei no estreito caminho à margem do rio, eu já me sentia, apesar de tudo, mais seguro. O que nos ameaçara por tanto tempo, o que era iminente, acabou chegando. Sentindo-me aliviado, fiz um retrospecto de tudo o que obtive durante a vida. Antes, imaginava que teria grande probabilidade de não escapar, mas o fato de estar vivo me fez agora entender subitamente o significado da vida.

Preciso deixar tudo isso por escrito, pensei comigo mesmo. No entanto, na prática eu ignorava, naquele momento, as verdadeiras consequências daquele ataque aéreo.

Os incêndios se intensificaram na margem oposta. Como o calor se refletia até a nossa margem, eu mergulhava uma almofada nas águas do rio, que estava na cheia, e cobria a minha cabeça com ela. Nesse momento, alguém gritou: "Ataque aéreo!". Outra voz se fez ouvir: "Quem estiver de roupa branca, esconda-se atrás das árvores!". As pessoas rastejavam rápidas até o fundo do bosque. Com o sol brilhante se pondo, também parecia haver incêndios para além do bosque. Contive a respiração por um tempo, mas como parecia não haver perigo, voltei até o rio. O incêndio na margem oposta não arrefecia. Um vento morno soprava sobre nossa cabeça, e via-se uma fumaça no meio do rio. Nesse momento, o céu de repente se enegreceu e uma chuva torrencial começou a cair. A chuva serviu para amainar de leve os incêndios na área, mas logo depois o tempo voltou a se firmar. O incêndio na margem oposta perseverava. Agora, nesta margem, vi o meu irmão mais velho, a minha irmã mais nova e dois ou três rostos conhecidos das vizinhanças. Nós nos reunimos e cada qual contou o que lhe acontecera naquela manhã.

O meu irmão estava sentado à sua mesa, no escritório, quando tudo aconteceu. Um forte clarão cruzou o jardim, e pouco depois ele foi projetado a uns dois metros, ficando por um tempo a se debater debaixo dos escombros do prédio. Por fim, percebeu que havia uma fresta, por onde foi engatinhando. Na fábrica, as estudantes gritavam por ajuda. O meu irmão se empenhou com todo o ardor para resgatá-las. Já a minha irmã estava na entrada quando viu o clarão e precipitou-se para se proteger debaixo das escadas, quase sem se ferir. A princípio todos acreditávamos que só a nossa casa havia sido bombardeada, mas ao sair nos estarrecemos ao constatar que a mesma coisa acontecera por toda parte.

Além disso, era estranho que, apesar de os prédios terem sido destruídos, não havia crateras, como geralmente acontecia nas explosões de bombas. Tudo se passou pouco depois de suspenderem o alerta preliminar. Produziu-se um clarão, e com um ruído leve e sibilante, feito magnésio queimando, tudo virou de ponta-cabeça... "Parecia magia negra", relatou minha irmã, com esforço.

Quando o fogo na margem oposta deu sinais de arrefecimento, uma voz avisou que as árvores do jardim começavam a pegar fogo. Uma leve fumaça apareceu bem alto no céu, acima do bosque, atrás de nós. As águas do rio continuavam cheias. Desci pelo barranco de pedras até a beira do rio. Uma grande caixa de madeira logo veio flutuando até os meus pés. Dela saíram cebolas, que flutuavam ao redor. Puxei a caixa e entreguei as cebolas às pessoas na margem. Um trem descarrilhara na ponte ferroviária rio acima, a caixa se soltou e flutuava no rio. Ao recolher as cebolas, ouvi uma voz gritando por socorro. Agarrada a um pedaço de madeira, uma menina vinha flutuando pelo meio do rio, com a cabeça ora para fora da água, ora para dentro. Escolhi uma tora e me pus a nadar, empurrando-a para a frente. Apesar de não nadar há tempos, consegui resgatar a menina com mais facilidade do que eu supusera.

O fogo, que por um tempo relaxara, subitamente recrudesceu na margem em frente. Desta vez era possível vislumbrar uma densa fumaça negra em meio às chamas vermelhas. Essa massa negra se espalhava com ímpeto, e quanto mais a olhávamos, mais a temperatura das chamas parecia subir. Porém, quando esse fogo misterioso por fim se extinguiu, restaram apenas os esqueletos vazios dos prédios. Percebi então que, pairando rio abaixo, mais ou menos sobre o meio das águas, uma camada de ar muito translúcida se movia trêmula na nossa direção. *Um tornado*, pensei, e naquele mesmo instante um vento violento começou a soprar acima de nossa cabeça. Todas as plantas ao redor se agitavam. Quando olhei, inúmeras árvores haviam sido arrancadas pelo vento e carregadas para o céu. As árvores que voejavam loucamente pelo céu caíam com a força de flechas em meio ao caos formado. Não me lembro claramente da coloração do ar ao redor naquele momento. Contudo, tive a impressão de que talvez estivéssemos envoltos na terrível e tênue luz verde que se vê nas ilustrações retratando o inferno budista.

Depois que o tornado passou, o céu se revestiu de uma cor quase crepuscular. O meu segundo irmão, que até agora não havia aparecido, de repente chegou aonde nós estávamos. Havia marcas acinzentadas no rosto dele, e a sua camisa estava rasgada nas costas. Os ferimentos na pele, comparáveis ao bronzeado de sol na praia, depois se tornariam queimaduras que supuraram, exigindo vários meses de tratamento. Naquele momento, porém, esse meu irmão estava com muito vigor. Contou que tão logo chegou de volta à casa, para cuidar de um afazer, identificou um pequeno avião bem alto no céu, e em seguida viu um estranho clarão. Depois disso, foi projetado no chão a uns dois metros de onde estava. Resgatou a mulher e a empregada, que estavam presas sob os escombros da casa. Deixou as duas crianças aos cuidados da empregada e ordenou que fugisse antes dele. Ele ficou lá para resgatar o vizinho idoso, o que tomou mais tempo que o esperado.

A minha cunhada estava preocupada por ter se separado dos filhos, quando ouviu a voz da empregada na margem oposta do rio. Reclamava que os braços doíam e que não podia mais carregar as crianças, e pedia que se apressassem.

O bosque do Parque Sentei queimava aos poucos. As coisas se complicariam durante a noite se o fogo se alastrasse até onde estávamos, e por isso desejávamos nos transferir para a margem oposta enquanto ainda estivesse claro. Entretanto, não se via sinal de barcos nos arredores. O meu irmão e a minha cunhada decidiram ir para a margem oposta, atravessando a ponte. Eu e o meu segundo irmão subimos o rio, ainda à procura de um barco. Conforme seguíamos pelo estreito caminho de pedras ao longo do rio, vi ali, pela primeira vez, um grupo de pessoas simplesmente indescritível. Os raios de sol já declinantes conferiam um aspecto de palidez à paisagem. Aquelas pessoas estavam tanto na margem quanto no aterro rio acima, e suas sombras se refletiam na água. Que pessoas eram aquelas?... O rosto delas estava encarquilhado e inchado a ponto de praticamente não se poder identificar se seriam homens ou mulheres. Com os olhos apertados feito uma linha e os lábios em carne viva, deitados de lado e respirando sofregamente, revelavam o corpo coberto de ferimentos. À medida que passávamos diante daqueles seres monstruosos, eles nos diziam, com a voz frágil e suplicante:

— Água, um pouco de água para beber!

— Ajude-me.

Todos imploravam por socorro.

Parei quando alguém me chamou, com a voz aguda e lastimosa: "Senhor!". Dentro do rio, bem perto de mim, vi o corpo nu de um menino morto, mergulhado até a cabeça. E, nos degraus de pedra, nem um metro distante desse cadáver, havia duas mulheres agachadas. O rosto delas estava inchado cerca de uma vez e meia o tamanho normal, horrendos e deformados, deixando apenas o cabelo, queimado e desgrenhado, como sinal de que eram mulheres. À primeira vista, mais do que compaixão, elas me provocaram arrepios. Ao ver que eu me detivera, uma delas me pediu, suplicante:

— O cobertor perto daquela árvore é meu. Poderia por favor trazê-lo até aqui?

Vi que havia realmente algo semelhante a um cobertor próximo da árvore. Contudo, nele jazia uma pessoa gravemente ferida, moribunda, e eu nada podia fazer.

Encontramos uma pequena jangada, soltamos as amarras e remamos em direção à margem oposta. Quando atracamos no banco de areia na outra margem, já havia escurecido, mas ali também parecia haver muitos feridos à espera de ajuda. Um soldado agachado à beira do rio suplicou:

— Por favor, me dê água quente para beber!

Caminhei com ele apoiado no meu ombro. Sofrendo, ele avançava cambaleante pela areia, mas de repente murmurou em desespero:

— Melhor seria morrer.

Assenti apavorado. As palavras não saíam. Naquele momento era como se um ressentimento intolerável contra toda aquela estupidez nos unisse em silêncio. Eu o mantive esperando no meio do caminho e vi, da base do muro de pedras para cima, sobre o aterro, um espaço com um aquecedor de água. No local do balcão, de onde naquele momento se erguia uma coluna de vapor, uma mulher de cabeça enorme e cabelo queimado segurava uma xícara e bebia água quente devagar. Todo aquele rosto imenso e grotesco parecia formado por grãos de feijão preto. Além disso, os cabelos dela haviam sido cortados em uma linha reta junto às orelhas. (Mais tarde, ao ver pessoas com queimaduras e os cabelos cortados rente às orelhas, comecei a perceber que os cabelos haviam sido queimados até a linha do chapéu.) Pouco depois, peguei uma xícara com água quente e a levei até o local onde o soldado estava. Ao olhar de relance, vi o meu soldado ferido ajoelhado, dentro da água, bebendo com sofreguidão a água do rio.

Quando o céu sobre o parque Sentei e o fogo próximo emergiram vívidos em meio à escuridão, as pessoas queimavam pedaços de madeira no banco de areia para cozinhar o jantar. Uma mulher de rosto inchado estava deitada por algum tempo bem ao meu lado. Só fui perceber que se tratava da empregada da casa de meu segundo irmão quando ouvi a voz dela clamando por água. Quando ela saiu da cozinha com o bebê nos braços e o clarão a atingiu, o rosto, o tronco e as mãos dela se queimaram. Depois disso, ela fugiu antes de meus irmãos, levando o bebê e a filha mais velha, mas se separou da menina na ponte e chegou até o leito do rio apenas com o bebê no colo. De início, tentou cobrir o rosto com a mão para protegê-lo do clarão, e reclamava que ela agora estava doendo como se estivesse sendo arrancada.

Como as águas começaram a subir, abandonamos o leito do rio e nos transferimos para o aterro. O sol se pusera por completo, mas ouviam-se vozes desesperadas implorando: "Água, água". O burburinho das pessoas que permaneceram no leito do rio parecia se intensificar. Ventava no alto do aterro e estava meio frio para dormir. Mais à frente ficava o parque Nigitsu, mas, envolto na escuridão, ali só era possível ver a silhueta vaga das árvores despedaçadas. Os meus irmãos estavam deitados numa concavidade do solo e eu, engatinhando . até lá, procurei uma para mim também. Bem do meu lado, duas ou três estudantes feridas estavam deitadas.

— As árvores ali adiante começaram a queimar. Não seria melhor fugirmos? — perguntou alguém, preocupado.

Saindo da concavidade, olhei naquela direção. A uns trezentos metros, árvores queimavam reluzentes, mas não parecia que o fogo se transferiria para onde estávamos.

— Será que o fogo chega até aqui? — me perguntou, amedrontada, uma menina ferida.

— Não, estamos bem — eu disse.

— Que horas devem ser agora? Será que ainda não é meia-noite? — voltou a perguntar.

Nesse momento, soou o alerta preliminar. Em algum lugar ainda havia uma sirene intacta, ecoando incerta. Para os lados da cidade, algo parecia arder e podia-se ver uma luz vaga rio abaixo.

— Ah, será que ainda demora muito até amanhecer? — queixou-se uma estudante.

— Mãe! Pai! — Vozes um pouco fracas formavam um coro.

— Será que o fogo chega até aqui? — voltou a me perguntar a menina ferida.

No leito do rio ouviam-se gemidos excruciantes, aparentemente de um rapaz vigoroso. O eco de sua voz ressoava em todas as direções.

— Água! Água, por favor!… Ah… Mamãe!… Irmã!…
Meu pequeno Hikaru…!

A voz irrompia como se rasgasse todo o corpo e a alma
dele. Intercalados debilmente, ouviam-se arquejos carregados de dor.

Quando era criança, certa vez fui pegar peixes naquele
leito do rio que atravessa o aterro. Era estranho que a re-
cordação daquele dia de calor permanecesse vívida em mim.
Na areia, havia uma enorme placa de propaganda da pasta
de dentes Lion, e por vezes um trem passava com estrondo
sobre a ponte. Era uma cena de paz como num sonho.

Quando amanheceu, os gemidos da noite anterior haviam ces-
sado. No entanto, era como se aquelas vozes agonizantes, de
fazer embrulhar o estômago, perdurassem no fundo dos meus
ouvidos. Ao redor, porém, o vento matutino soprava em meio
à luz do alvorecer. O meu irmão mais velho e a minha irmã
mais nova voltaram às ruínas da nossa casa, e como corressem
rumores de que haveria um centro de tratamento médico no
Campo de Treinamento Leste, meu segundo irmão partiu para
lá. Quando eu estava prestes a ir para o Campo de Treinamento
Leste, o soldado ao meu lado me pediu que o levasse comigo.
Esse soldado robusto devia estar muito ferido, pois, mesmo
apoiado no meu ombro, avançava devagar, como se carregasse
um objeto frágil. Além disso, era bastante ameaçador ter escombros e cadáveres ainda exalando seu calor residual aos
nossos pés. Ao chegarmos à ponte Tokiwa, o soldado estava
exausto e, sem poder dar sequer mais um passo, pediu que eu

o abandonasse ali. Nós nos separamos e eu prossegui sozinho em direção ao parque Nigitsu. Aqui e ali havia casas destruídas que escaparam ao incêndio, mas por todo lado viam-se gravadas as marcas que o clarão deixara. Um grupo de pessoas estava reunido em um terreno aberto. Saía água de uma tubulação. Nesse momento, fui informado de repente que a minha sobrinha estava a salvo, no abrigo no templo Toshogu.

Fui às pressas para lá. Quando cheguei, a minha pequena sobrinha estava justamente se reencontrando com a mãe. No dia anterior, depois de se separar da empregada, ela fugiu na companhia de outras pessoas. Ao ver a mãe, não conseguiu conter as lágrimas. O pescoço dela tinha uma queimadura que parecia dolorida.

O refúgio fora construído sob o portal do templo Toshogu. De início, um policial em geral perguntava nome, endereço, idade e coisas assim, mas mesmo depois de receber um pedaço de papel com essas informações, os feridos precisavam esperar cerca de uma hora em uma longa fila sob o sol quente. Contudo, talvez os feridos na fila estivessem em uma situação melhor do que a maioria. Naquele momento, as pessoas continuavam a gritar, entre lágrimas: "Soldado! Soldado! Socorro! Soldado!". Uma moça com queimaduras estava caída e se contorcia de dor na rua. Um homem de uniforme de guarda voluntário repousara sobre uma pedra a cabeça intumescida pelas queimaduras e implorava, com a boca enegrecida, numa voz débil e entrecortada: "Alguém me ajuda, por favor! Ah! Enfermeira! Doutor!". No entanto, ninguém atendia as súplicas dele. Todos os policiais, médicos e enfermeiras vieram de outras cidades para ajudar, e estavam em número limitado.

Entrei na fila acompanhado da empregada da casa do meu segundo irmão, mas o rosto dela aos poucos se inchou a olhos vistos e ela mal podia se manter de pé. Por fim chegou a sua vez de receber o tratamento. Depois disso, precisamos arranjar um lugar para repousar. Embora houvesse pessoas com ferimentos graves deitadas por toda parte no átrio do templo, não se viam tendas nem sombras de árvores. Por isso, criamos uma cobertura à guisa de telhado alinhando tábuas finas contra o muro de pedra e engatinhamos para debaixo delas. Naquele espaço exíguo, vivemos em seis pessoas por mais de 24 horas.

Um abrigo do jeito do nosso foi construído bem ao lado. Um homem que se movimentava de forma trôpega em sua esteira de junco me chamou. Não vestia camisa nem casaco, e na cintura restara uma parte de uma das pernas de sua calça comprida. Apresentava queimaduras nas mãos, nos pés e no rosto. Ele me contou que estava no sétimo andar do edifício Chugoku quando a bomba explodiu, e embora estivesse naquele estado deplorável, devia ser um homem muitíssimo forte para ter escapado e chegado por fim até ali, pedindo ou aproveitando-se das pessoas. Um rapaz que usava uma faixa de cadete no braço penetrou no abrigo, o corpo todo ensanguentado. O homem ao lado se enfureceu.

— Ei, ei, cai fora! O meu corpo está todo estropiado, e se você me tocar, não respondo por mim. Tem muito espaço por aí, você não precisa vir para um lugar tão apertado como este. Vamos lá, chispa daqui — disse, em tom autoritário, quase vociferando.

O rapaz ensanguentado se levantou, estupefato.

83

A uns dois metros do local onde nos prostramos, duas estudantes estavam deitadas de comprido debaixo de uma cerejeira quase totalmente desfolhada. Com o rosto enegrecido por queimaduras e as costas esquálidas expostas ao sol quente, elas gemiam, clamando por água. Eram alunas da escola técnica de comércio que foram trabalhar naquela área e estavam colhendo batatas no momento da explosão. Logo apareceu uma senhora com o rosto calcinado e vestindo uma calça larga de trabalho. Colocou a bolsa no chão e esticou as pernas... O sol começava a se pôr. Eu me senti estranhamente desolado ao imaginar que teria de passar outra noite ali.

Desde antes do alvorecer, ouvi várias vozes entoando uma oração budista. As pessoas pareciam morrer uma após a outra. Quando o sol matinal se elevava no céu, as alunas da escola de comércio deram o último suspiro. O policial que terminou a inspeção dos corpos, que jaziam de bruços em uma vala, se aproximou da senhora vestida com calça de trabalho. Ela também desabara e parecia estar morta. O policial pegou a bolsa, que continha uma caderneta bancária e uns bônus de guerra. Ele concluiu que ela iria viajar quando aconteceu a tragédia.

Por volta do meio-dia, o alarme antiaéreo soou, seguido do ruído de aviões. Havíamos nos acostumado bastante à feiura grotesca e miserável do local, mas a exaustão e a fome aos poucos se intensificavam. O primogênito e o caçula do meu segundo irmão frequentavam a escola na cidade, e ainda não sabíamos o que teria acontecido com eles. As pessoas morriam umas depois das outras e os corpos apenas jaziam ali.

Alguns caminhavam inquietos, sem esperança de serem salvos. Apesar disso, no campo de treinamento uma corneta ressoava clara e sonora.

As minhas sobrinhas gritavam e choravam por causa das queimaduras, e a empregada suplicava sem parar por água. O meu irmão mais velho retornou quando todos já estávamos enfraquecidos, no limite das nossas forças. No dia anterior, ele tinha ido na direção de Hatsukaichi, onde sua esposa se refugiara, e trouxe uma carroça que negociou com alguém da vila de Yahata. Subimos na carroça e fomos embora dali.

Seguimos na carroça eu, a família do meu segundo irmão e a nossa irmã mais nova, deixando Toshogu rumo a Nigitsu. Tudo aconteceu quando a carroça saía de Hakushima, em direção à entrada do parque Sentei. No espaço aberto do Campo de Treinamento Oeste, o meu irmão viu de relance um cadáver vestido com uma bermuda amarela que lhe era familiar. Desceu e foi até lá. Eu e a minha cunhada nos afastamos da carroça e nos juntamos a ele. Além da bermuda familiar, o cadáver portava um cinturão inconfundível. Era o corpo de Fumihiko, meu sobrinho. Sem casaco, tinha no peito um tumor do tamanho de um punho fechado, do qual escorria um líquido. Em seu rosto enegrecido viam-se vagamente alguns dentes brancos, e os dedos, em ambas as mãos estendidas, estavam endurecidos e apertados para dentro, com as unhas cravando as palmas. Ao seu lado jazia o corpo de um estudante secundarista e, mais afastado, o de uma jovem, ambos rígidos, conservando a postura de quando morreram.

O meu segundo irmão arrancou as unhas de Fumihiko, pegou o cinturão como lembrança e sobre o peito do estudante colocou um papel com o nome dele e se afastou. Esse encontro fez secar todas as nossas lágrimas.

A carroça prosseguiu o seu curso em direção a Kokutaiji, cruzando a ponte Sumiyoshi rumo a Koi. Pude ter uma boa visão de praticamente todas as principais ruínas dos incêndios. Em meio a um imenso vazio prateado que se estendia sob o sol quente e ofuscante, havia caminhos, rios, pontes. E em vários pontos estavam dispostos cadáveres inchados, com a carne exposta. Aquilo era sem dúvida um novo inferno, materializado com precisão e perícia. Ali, todo o humano fora suprimido, como se as expressões no rosto dos cadáveres houvessem sido substituídas por algo modelado, mecânico. Os membros guardavam um tipo de ritmo incerto, como se tivessem enrijecido ao se debaterem num instante de agonia. Os fios elétricos caídos em desordem e os inúmeros escombros proporcionavam a sensação de um desenho convulsivo, traçado em meio ao vazio. Contudo, ao ver o trem que de súbito descarrilara e aparentemente se incendiara, e um cavalo tombado com seu enorme torso dilatado, imaginei se aquilo não seria o mundo retratado em uma pintura surrealista. Extirpadas pela raiz, as grandes canforeiras do templo Kokutaiji tombaram, e havia lápides de túmulos espalhadas por toda parte. A biblioteca Asano, da qual somente restara a carcaça, virara um necrotério. Pelas ruas ainda havia pontos de incêndio, e era forte o cheiro da morte. Cada vez que atravessava o rio, pensava em como era inusitado que a ponte não tivesse desabado. Seria mais adequado apresentar as minhas impressões em formato de verso. Por isso, introduzo aqui uma estrofe.

Ofuscantes escombros,
Plúmbeo-esbranquiçadas cinzas,
Como num vasto panorama.
O estranho ritmo dos cadáveres humanos queimados, em carne viva.
Tudo era real? Podia ter sido real?
O mundo futuro despojado num relance.
Ao lado do trem descarrilado,
Torsos túmidos de cavalos,
E o cheiro dos fios elétricos cuspindo, fumegantes.

Nossa carroça avançava pelas ruas, por onde se sucediam os sinais da destruição. Até mesmo nos subúrbios havia fileiras inteiras de casas destruídas. Pouco depois de passarmos por Kusatsu, o verde ressurgiu ao redor, e nos vimos liberados das cores da catástrofe. A visão de um enxame de libélulas esvoaçando com leveza e graça por sobre um arrozal me tocou o coração. Depois, foi um longo e monótono caminho até o vilarejo de Yahata. Já era noitinha quando chegamos. A partir do dia seguinte, começou a nossa vida miserável naquele lugar. A recuperação dos feridos não progredia, e até mesmo aqueles com vigor enfraqueciam em razão da falta de comida. Os braços queimados da empregada supuraram e as moscas se agrupavam nas feridas, que por fim se encheram de larvas. Por mais que ela se desinfetasse, as larvas não paravam de voltar. Cerca de um mês depois, ela morreu.

No quarto ou quinto dia desde que nos mudamos para o vilarejo, o meu sobrinho secundarista de paradeiro desconhecido retornou. Naquela manhã, ele fora à escola, para a evacuação do prédio, mas justo quando estava na sala de aula viu o clarão. Instantaneamente, ele se escondeu debaixo da mesa. Logo depois o teto cedeu e ele se viu soterrado, mas encontrou uma fresta pela qual engatinhou. Apenas quatro ou cinco alunos conseguiram fugir dali rastejando, os demais morreram na explosão inicial. Ele e os outros quatro ou cinco sobreviventes foram se refugiar no monte Hiji. Pelo caminho, o meu sobrinho vomitava um líquido branco. Depois, foi de trem até a casa de um amigo que fugira junto com ele, e lá permaneceu. Porém, uma semana depois da volta desse sobrinho, o cabelo dele começou a cair, e em dois dias ele ficou completamente careca. Na época, corria o rumor de que as vítimas da bomba com queda de cabelo e hemorragia nasal em geral não resistiam. Doze ou treze dias depois de perder o cabelo, começou a escorrer sangue do nariz do meu sobrinho. O médico declarou que ele não passaria daquela noite. Porém, apesar de sua condição grave, ele aos poucos se recuperou.

Enquanto ia de trem pela primeira vez até a fábrica após a evacuação, N. recebeu o impacto da bomba justo quando os vagões entraram em um túnel. Ao sair do túnel e olhar em direção a Hiroshima, viu três paraquedas flutuando soltos no ar. E, quando o trem parou na estação seguinte, ele se espantou ao ver as janelas de vidro da estação terrivelmente estilhaçadas. Finalmente, quando chegou ao seu destino final, informações detalhadas já circulavam. Dando meia-volta, ele pegou um trem para retornar à cidade. Os trens com os quais cruzava, vindos de Hiroshima, estavam todos lotados de feridos de aparência grotesca. Ansioso, sem conseguir esperar até que os incêndios amainassem na cidade, ele avançou a passos rápidos pelo asfalto ainda quente. Em primeiro lugar, N. foi até a escola onde sua esposa trabalhava. Nas ruínas da sala de aula, havia ossadas de alunos, e entre as cinzas na diretoria ele encontrou um esqueleto que provavelmente era do diretor da escola. Todavia, acabou sem conseguir encontrar nenhum esqueleto que pudesse ser o de sua mulher. Voltou às pressas para casa. Ela se situava próximo a Ujina, onde casas desmoronaram, mas a área se mantivera livre de incêndios. Mas ali também não encontrou sinais da esposa. Depois, refez o caminho que conduzia de sua casa até a escola, examinando cada cadáver caído. Como a maioria estava de bruços, ele os colocou sentados, para verificar o rosto, mas, apesar de todas as mulheres estarem totalmente desfiguradas, nenhum rosto era o de sua esposa. Por fim, vagueou ao redor, olhando até em locais na direção contrária. Na cisterna havia uma dezena de corpos empilhados dentro da água. Havia três corpos em *rigor mortis* com as mãos segurando uma escada que descia para a margem do rio. Cadáveres estavam de pé, na posição em que esperavam na fila em um ponto de ônibus, e morreram com as unhas cravadas nos ombros da pessoa à frente. N. viu uma unidade totalmente exterminada de voluntários que haviam sido mobilizados do interior para a evacuação das casas. Mas nada comparado ao horror no Campo de Treinamento Oeste. Ali havia uma montanha de soldados mortos. Contudo, o cadáver da esposa dele não estava em lugar nenhum.

N. visitou todos os locais de refúgio para observar o rosto de cada ferido grave. Depreendia-se de todos eles um sofrimento extremo, mas não encontrou entre eles o rosto da esposa. Assim, depois de passar três dias e três noites observando à exaustão cadáveres e pacientes com queimaduras, N. retornou às ruínas da escola de moças onde a esposa era professora.

Mita Bungaku, junho de 1947

A PARTIR DAS RUÍNAS

Eu continuava com boa saúde logo após nos mudarmos para o vilarejo de Yahata. Levava feridos de carro para o hospital, caminhava por toda parte para receber víveres e mantinha contato com o meu irmão mais velho, que estava vivendo em Hatsukaichi. O meu segundo irmão havia alugado uma edícula em uma fazenda, e eu e a minha irmã mais nova deixamos o nosso local de refúgio para morarmos todos juntos. Enxames de moscas vindas do estábulo de bois entravam sem acanhamento pelos cômodos da casa. Grudavam na queimadura no pescoço da minha pequena sobrinha e dali não se moviam. Ela atirava longe os *hashis*, gritando e chorando, como se estivesse pegando fogo. Para nos proteger das moscas, o mosquiteiro ficava armado até mesmo durante o dia. O meu segundo irmão, que tinha queimaduras no rosto e nas costas, dormia dentro do mosquiteiro com uma expressão sombria. Na varanda da casa principal, separada da nossa pelo jardim, via-se um homem com o rosto bastante inchado — havíamos visto tantos rostos semelhantes que nos acostumamos a eles —, e ao fundo parecia haver outra pessoa com ferimentos graves, para quem um colchonete fora estendido. À noite, ouvimos uma estranha voz delirante proveniente dali. *Ele deve morrer em breve*, pensei. Em seguida, ouvi alguém fazendo orações budistas.

Nessa casa, o marido da filha primogênita havia morrido. Dizem que estava em Hiroshima quando a bomba explodiu e retornou andando, mas depois de se deitar coçou a pele da queimadura num movimento espontâneo e em pouco tempo desenvolveu encefalopatia.

Toda vez que íamos até o hospital, ele estava apinhado de feridos. O atendimento de uma senhora de idade demorou uma hora. Ela chegou carregada por três pessoas e tinha o corpo inteiro dilacerado por cacos de vidro. Por isso, fomos obrigados a esperar até depois do meio-dia. Um ancião gravemente ferido, trazido em um carrinho de mão, um estudante secundarista com o rosto e as mãos queimados — ele estava no Campo de Treinamento Leste quando a bomba explodiu —, entre outros. Rostos que víamos sempre. Quando trocaram a gaze de minha pequena sobrinha, ela gritou e chorou, enlouquecida.

— Ai! Ai! Está doendo! Me dê um doce, um *yokan*!

— E onde eu vou arranjar doces? — revidou o médico, com um sorriso amargo.

Ao que tudo indica, familiares do médico haviam sido carregados até ali e soltavam estranhos gemidos de agonia mortal na sala contígua ao consultório. Durante o transporte dos feridos, o alarme antiaéreo soou algumas vezes, e ouviu-se também o som dos aviões sobrevoando. Também nesse dia, como não chegasse a minha vez, deixei o carro em frente ao hospital e voltei para casa, para repousar. A minha irmã estava na cozinha.

— O que pode ter acontecido? Já faz algum tempo que estão tocando o hino nacional — ela me perguntou espantada assim que me viu.

Surpreso, fui até a casa principal e sem hesitação grudei do lado do rádio. Não se podia ouvir com nitidez a voz do locutor, mas não havia dúvidas de que havia dito "armistício". Sem conseguir conter o impulso, saí de novo e me dirigi ao hospital. O meu segundo irmão continuava esperando atônito no saguão do prédio.

— É uma pena, a guerra terminou… — disse eu, assim que o vi.

Se a guerra tivesse acabado um pouco antes!, eram as palavras repetidas por todos a partir de então. O meu irmão perdera o filho caçula, e a bagagem que preparara com o intuito de evacuar para cá fora totalmente destruída pelo fogo.

À noite, atravessei o caminho em meio aos arrozais verdejantes e desci em direção ao aterro, ao longo do rio Yahata. Era um córrego de águas rasas mas limpas, e libélulas negras descansavam as asas sobre uma rocha. Mergulhei na água sem tirar a camisa e dei um profundo suspiro. Ao girar a cabeça, vi a cordilheira de montanhas baixas absorvendo com serenidade as cores do crepúsculo, com os cumes ao longe, brilhando com intensidade sob a luz solar. De tão linda, a paisagem não parecia real. Sem novas ameaças de bombardeios, o firmamento estava ainda mais sereno. De repente, senti-me uma pessoa que acabara de cair no solo após o impacto daquela explosão nuclear. Mesmo assim, o que dizer, afinal, das pessoas que morreram desesperadas no leito do rio em Nigitsu e nas margens do rio, perto do parque Sentei? E no lugar desta vista tranquila, o que aconteceu com aquelas ruínas? Segundo os jornais, durante 75 anos será impossível viver no centro da cidade. As pessoas afirmam haver ainda 10 mil corpos não identificados e garantem que toda noite fogos-fátuos queimam nas ruínas. Dois ou três dias após a explosão, peixes mortos flutuavam no rio, mas dizem que os que os comeram não demoraram a morrer. Na época, as pessoas ao nosso lado que pareciam estar bem morreram de sepse mais tarde. Eu ainda estava atormentado por um terrível e incompreensível desassossego.

Os víveres escasseavam com o passar dos dias. Ninguém estendia uma mão calorosa às vítimas. Diariamente era preciso sobreviver sorvendo uma sopa aguada. Aos poucos eu me exauria, e depois das refeições ficava extremamente sonolento. Olhando do andar de cima, sucediam-se os arrozais desde o sopé da baixa cordilheira. Espigas de arroz se estendiam verdejantes, tremulando sob o sol quente. Seria o arroz um fruto da terra ou existiria para saciar a fome das pessoas? Aos olhos das pessoas famintas, o céu, as montanhas e os campos se refletiam como inutilidades.

À noite comecei a visualizar pontos de luz espalhados pelos campos desde o sopé das montanhas. Luzes há tempos não vistas, suaves, me fazendo sentir como se estivesse no destino de uma viagem. Exausta depois de arrumar a louça do jantar, a minha irmã subiu até o andar de cima. Naquele momento, ela ainda não havia conseguido esquecer o pesadelo daquele dia; o corpo todo tremia ao relembrar detalhes daquele instante. Pouco antes da explosão, pensou em ir até o barracão para aprontar a bagagem, mas, se tivesse entrado lá, provavelmente não teria escapado. Eu também me salvei por acaso, mas o rapaz que estava no andar de cima da casa vizinha, separada apenas por uma cerca do local onde eu estava, teve morte instantânea. Até agora, a minha irmã treme ao lembrar com clareza de uma criança das redondezas soterrada sob uma casa. Esse menino estudava na mesma turma que o filho dela e, apesar de ter tomado parte na evacuação coletiva para o interior, não se adaptou à vida ali e foi enviado de volta à casa dos pais. Sempre que o via brincando na rua, a minha irmã logo pensava em chamar seu filho de volta. Quando as chamas começaram a surgir, a minha irmã viu a criança debaixo de uma viga de madeira, esticando o pescoço e suplicando: "Senhora, socorro!". Porém, naquele momento faltaram-lhe forças para ajudá-lo.

Histórias como essa havia aos montes. Quando tudo aconteceu, o meu irmão ficou soterrado, mas conseguiu sair, se ergueu e reconheceu o rosto da senhora da casa do outro lado da rua, também soterrada. Ele pensou de imediato em ir socorrê-la, mas não podia fazer ouvidos moucos às vozes das alunas berrando e chorando que vinham dos lados da fábrica.

O sofrimento maior foi com os parentes da minha cunhada. A casa dos Maki era uma residência tranquila, que dava para o rio, em Otemachi. Eu os visitei uma vez, para cumprimentá-los, quando voltei para Hiroshima na primavera. Pode-se dizer que Otemachi foi o epicentro da bomba atômica. Mesmo ouvindo os apelos por socorro da esposa na cozinha, o sr. Maki foi forçado a sair da casa às pressas, apenas com a roupa do corpo. Quando a sua primogênita deu à luz no local onde se refugiara, a sua condição piorou; o local que foi perfurado pela agulha para a transfusão de sangue supurou, e por fim ela não escapou. E, no ramo da família Maki de Nagarekawa, o marido estava ausente, lutando no *front*, e ninguém conhecia o paradeiro da mulher e dos filhos dele.

Vivi pouco menos de meio ano em Hiroshima e conheço pouca gente, mas a minha cunhada e a irmã sempre reuniam informações sobre os vizinhos, se alegrando ou entristecendo, a depender da notícia.

Na fábrica morreram três alunas. Parece que o andar de cima desabou em cima delas, e seus esqueletos permaneceram com as cabeças dispostas em ordem, como se posassem para uma foto ou coisa parecida. Graças a alguns pequenos indícios, elas puderam ser identificadas. Contudo, o paradeiro da professora T. permanecia desconhecido. Naquela manhã, ela não apareceu na fábrica. Porém, como a casa dela ficava em Saikumachi, se estivesse em casa ou a caminho da escola provavelmente morreu.

Ainda tenho desenhada bem claro diante dos meus olhos a sua aparência elegante. Quando fui certa vez, em razão de um afazer da fábrica, até a casa da professora, ela rabiscou algo com uma expressão confusa e me entregou. No andar de cima da fábrica eu ensinava inglês às alunas durante a pausa do almoço, mas aos poucos os alertas foram se tornando mais frequentes. Apesar de o rádio reportar que aviões foram vistos e ouvidos sobre Hiroshima, por vezes o alarme antiaéreo não soava.

— O que devemos fazer? — perguntei à professora.

— Eu lhe informarei se parecer perigoso. Enquanto isso, dê continuidade às aulas, por favor — respondeu ela.

No entanto, a situação era crítica, com aviões circulando nos céus de Hiroshima em plena luz do dia. Certo dia, terminei a aula e, quando desci do andar de cima, a professora estava sozinha, sentada num canto da fábrica vazia. Ao seu lado ouvi pios frequentes. Olhei dentro da caixa de papelão, onde muitos pintinhos se movimentavam.

— De onde eles vieram? — perguntei.

— Foram trazidos por uma aluna — respondeu a professora, sorridente.

As moças às vezes traziam flores. Eram colocadas tanto na escrivaninha, no escritório, quanto na mesa da professora. Quando a fábrica era evacuada e as alunas saíam rapidamente pelo portão da frente e se enfileiravam na rua, a professora T. sempre as supervisionava de um local um pouco afastado. Segurava um ramalhete de flores, com sua aparência digna e sua estatura pequena. Se tivesse sofrido com o clarão a caminho da escola, a sua aparência teria se tornado grotesca como os rostos daquele monte de feridos graves.

Eu ia com frequência à Agência de Viagens do Leste Asiático para obter passes de trem para as alunas e os operários da fábrica, mas desde a primavera o escritório já se mudara duas vezes em razão da evacuação dos prédios. O último local para onde se transferiram se situava no epicentro da catástrofe. A moça dali me conhecia de vista. Tinha a pele morena e a língua presa, e parecia inteligente. Também deve ter morrido. Um idoso de mais de setenta anos sempre aparecia lá, para tratar do seguro de invalidez de guerra. O meu irmão em Hatsukaichi o viu tempos depois, aparentando gozar de boa saúde.

Por algum motivo, às vezes eu me sentia aterrorizado por vozes humanas comuns. Quando, no estábulo dos bois, alguém emitia um grito frenético, eu logo o associava às vozes e ao choro agonizantes daquela noite no leito do rio. É tênue a distinção entre a voz que faz revirar o estômago e a voz que conta uma piada mordaz. No quarto ou quinto dia desde a minha mudança para cá, eu me dei conta de que ocorria um fenômeno anormal no canto do meu olho esquerdo. Quando caminhava pela rua com o sol a pino, senti algo semelhante a um inseto brilhando levemente no canto desse olho. Pensei que se tratava do reflexo da luz solar, mas até quando andava pela sombra alguma coisa brilhante por vezes refletia-se nele. Também ao entardecer ou à noite, aquela coisa luminosa tremeluzia. Seria por ter visto muitas chamas ou por ter recebido um golpe na cabeça? Naquela manhã, eu estava na privada e não vi o clarão que todos afirmavam ter visto. Uma escuridão caiu subitamente e alguma coisa atingiu a minha cabeça. Havia sangue sobre a pálpebra esquerda, mas o ferimento foi leve, praticamente não deixou cicatriz. Estaria o trauma daquele momento afetando os meus nervos? Mas, tudo aquilo tendo durado tão poucos segundos, nem poderia ser chamado de trauma.

Comecei a sofrer de uma diarreia lancinante. Desde o anoitecer, o céu apresentava um aspecto inclemente. Quando a noite chegou, caiu uma tempestade. Do andar de cima sem luz, eu podia ouvir com nitidez o vento uivando sobre os arrozais. Com medo de que a casa pudesse sair voando pelos ares, o meu irmão e a família dele, com a minha irmã mais nova, que estavam no térreo, foram se refugiar na casa principal. Deitado sozinho no andar de cima, eu ouvia sonolento o som do vento. Antes de a casa desmoronar, decerto as venezianas de proteção contra tempestade sairiam voando e as telhas cairiam. A experiência anormal com a bomba deixou todos com os nervos à flor da pele. Ocasionalmente, quando o vento cessava por completo, o coaxado das rãs me chegava aos ouvidos. Mas depois o vento voltava a atacar com toda a força. Deitado, ponderei sobre o que fazer numa eventual emergência. Se tivesse que fugir, o que levaria comigo? Apenas a bolsa, que estava bem ao meu lado. Contemplava o céu sempre que ia ao banheiro do térreo, mas a sua negrura parecia não arrefecer. Houve um ruído de coisa sendo rasgada. Uma areia grossa começou a cair do teto.

Na manhã seguinte, o vento cessou por completo, mas estava difícil parar com a diarreia. Perdi a força na lombar e andava cambaleante. O meu sobrinho secundarista sobrevivera por milagre, embora tivesse ido trabalhar no esforço de evacuação. Depois disso, foi perdendo a vitalidade à medida que os cabelos caíam por completo. Começaram a surgir pequenas manchas nas pernas e nos braços. Também examinei o meu corpo e descobri umas poucas manchas nele. Por via das dúvidas, fui até o hospital para uma consulta. O local estava lotado de pacientes até a entrada do jardim. Uma senhora voltara de Onomichi para Hiroshima e estava em Otemachi quando a bomba explodiu. O cabelo dela não havia caído, mas naquela manhã ela começou a cuspir coágulos de sangue. Aparentemente estava grávida, e o seu rosto lânguido mostrava sinais de uma insondável angústia e de morte iminente.

O meu irmão de Hatsukaichi nos mandou um recado de que a família da minha irmã mais velha, que morava em Funairi

Kawaguchi, havia escapado. O meu cunhado estava acamado desde a primavera e todos pensavam que ele não sobreviveria. Mas a casa, mesmo tendo sido destruída, escapou dos incêndios. O filho agora sofria de disenteria e pediu à irmã mais velha que fosse ajudá-lo. Ela também não estava bem, mas mesmo assim decidiu ir visitá-lo. E, no dia seguinte, ao retornar de Hiroshima, me contou como encontrara Nishida no trem, por acaso.

Nishida trabalhava na fábrica fazia duas décadas, e como na manhã em que a bomba explodiu ainda não havia aparecido, imaginamos que, se estivesse a caminho e tivesse sido exposto ao clarão, provavelmente não sobrevivera. A minha irmã mais nova viu no trem um homem de rosto enegrecido pelas queimaduras, inchado e disforme. O olhar de todos os passageiros se concentrava nele. Esse homem perguntou algo ao cobrador com relativa tranquilidade. Achando a voz dele muito parecida com a de Nishida, ela se aproximou, e o homem, reconhecendo-a, cumprimentou-a em voz alta. Naquele dia, ele saíra pela primeira vez do centro de tratamento médico... Somente mais de um mês depois disso eu o vi, e nesse momento as queimaduras no rosto dele já haviam cicatrizado. Ele fora lançado longe com sua bicicleta, e mesmo depois de levado para o centro de tratamento médico, passou por muitas provações. Morriam praticamente todos os feridos ao redor, e as orelhas dele estavam infestadas de larvas.

— Não podia aguentar aquelas larvas tentando entrar pelos buracos das minhas orelhas — dizia ele, inclinando a cabeça como se elas lhe fizessem cócegas.

Quando setembro chegou, não parava de chover. O meu sobrinho havia perdido o cabelo e o vigor, e a sua condição se deteriorou subitamente. Tinha sangramentos nasais e vomitava muitos coágulos sanguíneos. Previram que não passaria daquela noite, e os irmãos de Hatsukaichi se reuniram em volta da cama dele. Tinha a cabeça pelada e o rosto lívido de um monge, e vestiram-no um quimono de seda com listras finas. Estendido no leito, exausto, tinha a aparência de uma pavorosa marionete de teatro *bunraku*. A mecha de algodão enfiada na narina estava embebida de sangue, e o urinol, tingido do vermelho escuro do vômito.

— Força! Não desanime — o meu segundo irmão o incentivava com voz baixa e forte.

Ele se esquecera das próprias queimaduras ainda não curadas e estava absorto cuidando do rapaz. Quando a noite de ansiedade chegou ao fim, o meu sobrinho por milagre resistiu.

Os pais de um amigo de escola do meu sobrinho, que se salvara ao escapar junto dele, mandaram a notícia de que o rapaz havia morrido. O idoso cheio de vigor da seguradora que o meu irmão vira em Hatsukaichi começou a sangrar pelas gengivas e em pouco tempo acabou morrendo também. Quando a bomba caiu, esse idoso estava a apenas uns duzentos metros de mim.

Minha diarreia persistente abrandou por um tempo, mas eu nada podia fazer em relação ao enfraquecimento do corpo. O meu cabelo também rareou a olhos vistos. As montanhas baixas que se viam bem perto estavam totalmente envoltas pela neblina, e o arroz nos campos farfalhava ao vento.

Dormindo profundamente, tinha sonhos sem nexo. Via as luzes noturnas espalhadas pela superfície dos campos molhados pela chuva e me lembrei várias vezes da minha esposa no leito de morte. O primeiro ano da morte dela se aproximava. Sentia como se eu e ela estivéssemos na familiar casa alugada de Chiba, presos por causa da chuva. Eu praticamente não conseguia me lembrar da casa de Hiroshima, que fora reduzida a cinzas. Contudo, nos sonhos que tinha ao alvorecer, a casa destruída aparecia. Havia vários objetos preciosos para mim espalhados ao redor. Livros, papéis, mesa: tudo transmutado em cinzas, mas no meu âmago eu me sentia eufórico. Desejava, com todas as minhas forças, escrever sobre tudo aquilo.

Quando a chuva cessou certa manhã, o céu azul desprovido de nuvens se estendia por cima das montanhas baixas. Aos olhos de quem sofrera com as longas chuvas, aquele céu anil parecia falso. Com efeito, o tempo ensolarado durou apenas um dia, e a partir do dia seguinte ressurgiram lúgubres nuvens de chuva. Da terra natal de minha falecida esposa chegou pelo correio expresso — levando dez dias — a notícia da morte do meu cunhado. Ele estava indo de trem para o trabalho em Hiroshima no dia da explosão e escapou totalmente ileso, e até mesmo depois ele se manteve enérgico e ativo. A notícia da morte dele me deixou boquiaberto.

Parecia haver ainda substâncias tóxicas em Hiroshima. As pessoas que chegavam saudáveis do interior declaravam se sentir exauridas ao retornar. A minha irmã mais velha, de Funairi Kawaguchi, exausta de cuidar do marido e do filho doentes, acabou ela também acamada e novamente pediu à minha irmã mais nova que a ajudasse. Aconteceu no dia seguinte da partida dela para Hiroshima. Desde o meio-dia o rádio alertava para a chegada de um tufão, e ao entardecer os ventos ganharam força. Os ventos trouxeram chuvas que se tornaram mais violentas na noite escura como breu. Enquanto eu cochilava no andar de cima, ouvi no andar de baixo o barulho alto da porta sendo aberta e diversas vozes humanas para os lados dos campos de arroz. Havia o som de água corrente. A barragem tinha se rompido! O meu segundo irmão e a mulher dele logo vieram me chamar para nos refugiarmos na casa principal. O meu sobrinho ainda não conseguia andar e nós o transportamos pelo corredor escuro, com roupa de cama e tudo, até a casa principal. Ali todos estavam acordados e com uma expressão apreensiva no rosto. Fazia tempo que não acontecia uma ruptura na barragem do rio.

— Nisso que dá termos perdido a guerra! — lamentou a dona da fazenda.

O vento sacudia com violência a porta da frente da casa principal. Uma madeira grossa fora colocada para escorá-la.

Na manhã seguinte, a tempestade desaparecera por completo. Todas as espigas de arroz ondulavam na direção para onde fora o tufão, e nuvens, de um vermelho turvo, flutuavam na borda das montanhas... Dois ou três dias depois disso, ouvi dizer que a ferrovia se tornara intransitável, e que quase todas as pontes de Hiroshima haviam sido arrasadas.

Como o primeiro aniversário da morte da minha esposa estava chegando, pensei em ir até Hongo. O templo de Hiroshima que abrigava as cinzas dela tinha sido destruído por um incêndio, mas a mãe, que cuidou dela até o final, vivia no local em que ela nasceu. Todavia, as pessoas diziam que a ferrovia estava intransitável e que a extensão dos danos não era clara. Seja como for, fui até a estação de Hatsukaichi para tentar obter mais informações sobre a situação. O jornal comunitário, colado no muro da estação, apresentava notícias sobre os danos. Naquele momento, a circulação dos trens parecia estar limitada ao trecho entre Otake e Akinakano, e não havia previsão de quando toda a linha seria reaberta. A estimativa para a volta à operação do trecho entre Hachihonmatsu e Akinakano era para 10 de outubro, o que significava que os trens não circulariam por pelo menos duas semanas. No jornal, constavam dados sobre os danos causados pelas enchentes em toda a província, mas uma interrupção de duas semanas na circulação dos trens era algo sem paralelo.

Por ter conseguido comprar as passagens, de súbito decidi ir até a estação de trem de Hiroshima. Seria a minha primeira visita à cidade desde a queda da bomba. Tudo correu bem até Itsukaichi, mas, a partir do momento em que o trem entrou na estação de Koi, os sinais da catástrofe foram aos poucos se descortinando do lado de fora da janela. Os pinheiros ceifados, tombados nas encostas da montanha, pareciam evidenciar os horrores do momento em que a bomba caíra. Telhados e cercas desabaram rápido, permanecendo na mesma posição, enegrecidos, e as cavidades de concreto e os vergalhões de aço, com sua ferrugem vermelha, se espalhavam aqui e ali. Da estação Yokogawa restavam apenas as plataformas de embarque e desembarque. Os trens estavam estacionados em uma área onde a destruição era ainda mais violenta.

Os passageiros que transitavam por ali pela primeira vez olhavam a cena estupefatos, mas eu podia sentir muito próximos os rescaldos da destruição daquele dia. O trem atravessou a ponte de ferro e diante dos meus olhos surgiu a ponte Tokiwa. Sobre a margem queimada do rio, gigantescas árvores calcinadas pelo fogo pareciam querer arranhar o céu, e infinitos montes de cinzas formavam uma ondulação contínua. No dia da queda da bomba, fui apresentado no leito do rio a um indescritível sofrimento humano, mas, apesar de tudo, hoje as águas do rio fluem límpidas. E muitos sobreviventes agora caminham sobre a ponte cuja balaustrada voou pelos ares. Depois de passar pelo parque Nigitsu, podia-se ver o campo queimado do Centro de Treinamento Leste e, num local um pouco mais elevado, a escada de pedra do templo Toshogu, cintilando como fragmentos de um pesadelo terrível. Eu me alojara no átrio do templo, misturado aos muitos feridos que morriam um após o outro. Aquelas macabras lembranças parecem vividamente gravadas nos degraus de pedra que eu via ali.

Ao descer na estação de Hiroshima, entrei na fila do ônibus rumo a Ujina. Se a partir dali conseguisse chegar de barco a Onomichi, de lá eu poderia seguir de trem até Hongo. Somente indo até Ujina poderia confirmar se os barcos estariam ou não operando. Como o ônibus só saía a cada duas horas, as pessoas formavam uma fila de espera que se estendia por centenas de metros. O sol quente brilhava acima da nossa cabeça, e na praça sem locais com sombra a fila se mantinha imóvel. Se eu fosse naquele momento até Ujina, não retornaria a tempo de pegar o trem de volta. Acabei desistindo e saí da fila.

Pensando em ver as ruínas da casa, cruzei a ponte Enko e avancei direto para Nobori. Os prédios destruídos nos dois lados das ruas ainda faziam reavivar em mim as sensações de quando fugi naquele dia. Ao chegar a Kyobashi, pude vislumbrar de imediato toda a extensão do aterro, todo queimado e deserto. As distâncias tinham se encurtado de maneira substancial. A propósito, eu acabara de reparar que para além dos montes de ruínas era possível vislumbrar com clareza o perfil da cadeia de montanhas. Não importava aonde eu fosse, as ruínas eram iguais, mas havia locais onde eu tinha a visão grotesca de inúmeras garrafas acumuladas, em outros, pilhas de capacetes de ferro que voaram pelos ares e foram parar lá.

Permaneci de pé, olhando atônito para as ruínas da casa e pensando em como fugi naquele dia. As pedras e o lago do jardim continuavam ali, em bom estado, mas com as árvores queimadas era quase impossível dizer qual era qual. Os ladrilhos da pia da cozinha permaneciam intactos. A torneira voara longe, mas da tubulação de ferro ainda saía muita água. Naquele dia, logo após a destruição, lavei o sangue do rosto com essa água. Ainda que de vez em quando alguém passasse pela rua onde eu estava parado de pé, fiquei atraído pela cena por um tempo. Depois, peguei o caminho de volta na direção da estação, quando surgiu de algum lugar um vira-lata. Os olhos dele reluziam como se alguma coisa o tivesse deixado aterrorizado. Ele me seguiu indeciso, ora na frente, ora atrás de mim, com uma expressão curiosa.

Ainda havia uma hora até a partida do trem e a praça sem sombras estava banhada pelo sol do oeste. O prédio da estação, do qual restara apenas a silhueta, dava a impressão de uma caverna escura que perigava desabar a qualquer momento. Foi cercado por arame com placas onde se lia: "Perigo. Proibida a entrada". O teto da tenda que servia de bilheteria estava preso a blocos de pedra. Aqui e ali, estavam agachados homens e mulheres com roupas rasgadas, e as moscas ao redor os atormentavam. O número de moscas deveria ter se reduzido em razão das fortes chuvas recentes, mas ainda volteavam com fervor. Porém, com as pernas estiradas no chão e mascando uma coisa preta, os homens pareciam alheios a tudo, conversando como se o que falavam não dissesse respeito a eles: "Ontem foram uns vinte quilômetros de caminhada", ou "Onde se pode dormir ao relento nesta noite?". Uma anciã de expressão apalermada se aproximou e parou à minha frente.

— O trem ainda não partiu? Onde eles checam os bilhetes? — perguntou num tom cômico.

Antes mesmo que eu pudesse lhe dar a informação, ela disse, em agradecimento "Ah, então tá", e foi embora. Decerto havia algo de errado com ela. Um idoso calçando tamancos, com os pés bastante inchados, falou algo em voz débil ao outro idoso que o acompanhava.

Naquele dia, no trem de volta, ouvi alguém comentar por acaso que no dia seguinte a linha Kure operaria em caráter de teste. Dois dias depois, saí novamente para Hatsukaichi com a intenção de ir até Hongo por essa linha. No entanto, os horários dos trens foram cancelados, e fui até Koi de bonde. Chegando até esse ponto, imaginei ir até Ujina, mas, como a ponte de ferro havia caído ali, a conexão não estava sendo realizada por bondes, mas por barcaças, e ouvi que o embarque estava levando uma hora. Decidido então a ir até a estação de Hiroshima, sentei em um banco na estação de Koi.

Uma multidão de pessoas de todos os tipos se aglomerava naquele espaço exíguo. Algumas diziam ter vindo de Onomichi de navio naquela manhã, outras contavam que desembarcaram em Yanaizu e depois caminharam até ali. As pessoas perguntavam umas às outras seus respectivos destinos, sustentando que as informações eram contraditórias e que afinal só se poderia saber indo até lá de fato. No meio delas, havia cinco ou seis soldados desmobilizados, carregando grandes sacolas. O de olhar brilhante abriu a sacola dele e retirou um pé de meia repleto de arroz branco, insistindo com a senhora ao seu lado para que aceitasse.

— Coitada. Ouvi que ela está indo buscar as cinzas do falecido e não posso simplesmente abandoná-la — falava consigo mesmo.

— Não pode me vender um pouco de arroz? — Um homem apareceu perguntando.

— De jeito algum. Retornamos da Coreia e ainda vamos para Tóquio. Temos que andar de quarenta a oitenta quilômetros até lá — disse, retirando da sacola um cobertor. — Poderia lhe vender isto — murmurou.

Ao chegar à estação de Hiroshima, descobri que a notícia da abertura da linha Kure era falsa. Fiquei desnorteado, mas de súbito me lembrei que poderia fazer uma visita à casa da minha irmã mais nova em Funairi Kawaguchi. Havia um bonde direto de Hatchobori para Dobashi. De Dobashi até Eba, acompanhei as ruínas pelo caminho. Exceto por um bonde abandonado que não fora queimado, não havia nada parecido com uma casa. Por fim vi um descampado e, para além dele, a silhueta de um prédio que escapara aos incêndios. O fogo parecia ter chegado até a beira do descampado, e a casa da minha irmã se salvara por um triz. Porém, o muro estava deformado, o telhado, despedaçado, e a entrada, um verdadeiro caos. Dei a volta até a porta dos fundos e subi até a varanda. Doentes, a minha irmã mais velha, o meu sobrinho e a minha irmã mais nova estavam os três deitados, com os travesseiros alinhados, dentro de mosquiteiros. Minha irmã mais nova, que tinha ido lá para ajudar, acabou ficando doente e estava acamada há dois ou três dias. Quando a minha irmã mais velha me viu lá, disse, de dentro do mosquiteiro:

— Deixa ver esse rosto. Soube que você também esteve doente.

A conversa se voltou para o dia da explosão. Naquele dia, as minhas irmãs tiveram a sorte de não se machucar, mas o meu sobrinho sofreu ferimentos leves e foi até Eba para receber tratamento. Essa ida, entretanto, acabou se tornando algo negativo. Pelo caminho, o meu sobrinho viu um número enorme de pessoas queimadas, o que o fez se sentir pior. Naquela noite, o fogo avançou até bem perto da casa, e não foi possível remover o meu cunhado doente, mas a minha irmã mais velha continuou lá, tremendo dentro do local de refúgio. O tufão recente também foi violento por ali. O telhado destruído quase saiu voando, a água penetrava e o vento entrava sem piedade pelas rachaduras. Eles se sentiam mais mortos que vivos. Mesmo agora, ao olhar para o alto, há enormes rachaduras expostas na parte de trás do telhado, porque o teto caiu. Ainda faltava água e eletricidade, e tanto de dia quanto de noite os arredores eram perigosos.

Fui para o quarto contíguo visitar o meu cunhado. Um pequeno mosquiteiro pendia num canto do aposento, cujas paredes estavam descascadas e as colunas, retorcidas. Ele estava deitado. Devia estar com febre quando o vi, o que imprimia um ar vago ao seu rosto vermelho e inchado. Mesmo quando eu lhe dirigia a palavra, apenas ofegava, exclamando: "Que dor, que dor!".

Após descansar por duas ou três horas na casa da minha irmã, tornei à estação de Hiroshima, e de volta a Hatsukaichi ao entardecer dei uma passada na casa do meu irmão mais velho. Para a minha surpresa, lá encontrei Shiro, o filho da minha irmã mais nova. O local onde ele se refugiara teve as estradas bloqueadas por causa da enchente recente, mas ele levou três dias até conseguir retornar até ali, acompanhado de seu professor. Do joelho até o calcanhar, viam-se várias marcas de picadas de pulgas, mas o rosto dele estava relativamente saudável. Pernoitei na casa do meu irmão mais velho decidido a no dia seguinte levá-lo comigo até o vilarejo de Yahata. Porém, por algum motivo acabei não conseguindo pregar o olho. A minha mente insone revivia em detalhes as cenas da devastação pelo fogo e a visão das pessoas atordoadas. Lembrei do estranho cheiro no vento que soprou de repente pela janela do ônibus em que eu estava viajando de Hatchobori até a estação. Sem dúvida, era o odor da morte. A partir do alvorecer eu ouvi o ruído da chuva. No dia seguinte, voltei para Yahata debaixo de chuva, levando comigo o meu sobrinho. Ele me seguia descalço, sofrendo.

Todos os dias a minha cunhada chorava copiosamente a perda do filho. Talvez por isso ela murmurasse enquanto fazia algo na cozinha estreita e úmida. Tornara-se quase um mantra ela afirmar que, se a evacuação tivesse acontecido um pouco mais cedo, os pertences dela não teriam queimado. O meu segundo irmão ouvia tudo calado, e por vezes, sem suportar, se enfurecia. O filho de minha irmã mais nova passara fome e comera gafanhotos que conseguira pegar. Os dois filhos de meu segundo irmão haviam partido na evacuação da escola, mas devido à interrupção na operação dos trens ainda não tinham retornado. Quando o longo mau tempo por fim melhorou, os dias ensolarados de outono apareceram. As espigas de arroz balançavam e o som dos tambores do festival no vilarejo reverberava. Os habitantes do vilarejo passavam pelo caminho no aterro carregando com afinco um palanquim, mas nós, esfomeados, apenas os acompanhávamos com os olhos, distraídos. Certa manhã, recebi a notícia de que meu cunhado de Funairi Kawaguchi havia falecido.

Meu segundo irmão e eu nos entreolhamos e nos preparamos para sair para o funeral. Caminhamos depressa pelo caminho de quase quatro quilômetros ao longo do rio até a estação de bonde. Então ele acabara morrendo, afinal. Só podíamos sentir uma emoção profunda pela sua morte.

Primeiro vinha à minha mente o que acontecera quando visitei o escritório de meu cunhado ao voltar a Hiroshima naquela primavera. Vestindo um velho sobretudo e grudado a um braseiro fumegando com madeira bruta, ele tremia repetindo: "Que frio, que frio". Suas palavras e atitudes se fragilizaram imensamente, tendo envelhecido a olhos vistos. Algum tempo depois, caiu de cama. O médico diagnosticou que seus pulmões estavam comprometidos, algo totalmente inacreditável àqueles que conheciam sua vida pregressa.

Quando certo dia lhe prestei uma visita, ele levantou a cabeça, na qual o número de cabelos brancos havia aumentado rapidamente, e falou sobre diversos assuntos. Ele previa que a guerra se aproximava de uma desastrosa derrota e sua voz revelava uma leve indignação ao dizer que o povo fora enganado pelos militares. Foi inusitado ouvir semelhantes palavras saindo de sua boca. Quando o Incidente Sino-Japonês foi deflagrado, ele se embebedava e não largava de mim. Ele, que por longo tempo fora um engenheiro do exército, deveria ter um certo ranço de pessoas como eu. Eu conhecia grande parte de sua vida. Poderia escrever uma infinidade de coisas sobre ele.

Quando chegamos a Koi, baldeamos para um bonde municipal. Eles trafegavam até o distrito de Temma e dali a conexão era feita atravessando-se a ponte provisória e caminhando pela margem oposta do rio. Mesmo essa ponte provisória parece haver sido finalmente aberta para o tráfego no dia anterior, e as pessoas a atravessavam com cautela sobre suas tábuas de madeira de cerca de um metro de largura, pelas quais somente uma pessoa por vez podia passar. (Mesmo depois, demorou para a ponte de ferro ser recuperada, e como as pessoas continuavam a passar a pé por ali, desenvolveu-se na área um mercado paralelo.) Já era meio-dia quando chegamos à casa de minha irmã mais velha.

Quatro ou cinco parentes se reuniam na sala de estar cujo teto caíra e as paredes estavam dilaceradas.

Minha irmã mais velha chorou ao ver o rosto de todos.

— Ele queria a qualquer custo dar de comer às crianças, por isso não levava marmita para o trabalho e caminhava até um restaurante para almoçar um mingau apenas.

O corpo de meu cunhado jazia no cômodo contíguo coberto por um pano branco. Seu rosto ao morrer fazia lembrar as cinzas restantes dentro de um braseiro.

Os bondes deixavam de circular cedo e, portanto, a cremação devia ser realizada à luz do dia. Os vizinhos carregaram o cadáver e se incumbiram dos preparativos. Por fim, todos deixamos a casa de minha irmã e caminhamos uns quatrocentos ou quinhentos metros até um campo. O corpo de meu cunhado foi levado até um descampado numa extremidade do campo, sem ataúde, apenas envolto em um lençol. Muitos corpos foram cremados naquele local desde a explosão da bomba atômica, em fogueiras criadas empilhando-se pedaços de madeira das casas destruídas. Todos circundaram o cadáver, um monge vestido com roupas comuns recitou os sutras e, por fim, fogo foi ateado à palha. Nesse momento, o filho de meu cunhado, de dez anos de idade, desatou a chorar. A madeira pegou fogo suavemente. O céu, com jeito de chuva, escurecia paulatinamente. Terminamos nossas despedidas e nos apressamos para voltar.

Eu e meu irmão chegamos ao aterro ao longo do rio e a passos rápidos seguimos pelo caminho em direção à ponte provisória em Temma. Aos nossos pés, o rio escurecera por completo e não se podia ver uma única luz nas ruínas se estendendo na outra margem. Era um longo caminho, escuro e friorento. Podia-se sentir o cheiro da morte vindo flutuando não se sabe de onde. Naquela área ainda havia inúmeros corpos intocáveis soterrados sob os destroços, e ouvi bastante tempo atrás que o local era um terreno fértil de vermes. Lúgubres, as negras ruínas continuavam a intimidar as pessoas. De súbito, ouvi o choro fraco de um bebê. Meus ouvidos não se enganavam: à medida que caminhávamos aos poucos essa voz se tornava mais nítida. Uma voz vigorosa, melancólica, mas muito inocente e ingênua. Pessoas já estariam vivendo ali e até bebês chorando? Uma emoção indescritível invadiu o meu peito.

Há pouco o sr. Maki retornou desmobilizado de Xangai. Ao voltar, viu que sua casa, mulher e filhos haviam desaparecido. Ele se acomodou na casa de minha irmã mais nova em Hatsukaichi e por vezes visitava Hiroshima. Se até hoje, passados quatro meses desde a queda da bomba, uma pessoa de paradeiro ignorado não reapareceu, nada resta a fazer senão considerá-la morta. Mesmo assim, o sr. Maki percorreu locais prováveis, a começar pelo local de nascimento da esposa, mas por toda parte só ouviu condolências. Ele foi duas vezes às ruínas de sua casa em Nagarekawa. Também ouviu vítimas contarem suas experiências pessoais.

Na realidade, mesmo hoje em Hiroshima alguém em algum lugar não cansa de repetir sobre os acontecimentos do 6 de agosto. Havia a história do homem que soergueu os cadáveres de centenas de mulheres examinando seus rostos à procura de sua esposa desaparecida e nenhuma delas tinha um relógio de pulso no braço. Havia a história da mulher que diante da estação de rádio de Nagarekawa morrera deitada de bruços em uma posição como se protegesse seu bebê das chamas. E, em meio a essas histórias espantosas, houve também a de todos os homens de um vilarejo insular no mar interior de Seto, que nesse dia haviam sido mobilizados para trabalhar como voluntários na evacuação de prédios, e assim as mulheres do vilarejo se tornaram a um só tempo viúvas; e também de como mais tarde essas mulheres protestaram com obstinação contra o chefe do vilarejo. O sr. Maki gostava de ouvir essas histórias dentro dos bondes ou a um canto da estação, porém, a certa altura tornou-se um hábito seu ir com frequência a Hiroshima. Era natural ele passar pela estação de Kai ou pelo mercado paralelo em frente à estação de Hiroshima. Contudo, andar pelas ruínas se tornou para ele um tipo de consolo. Se antes a cordilheira de Chugoku só podia ser vista em toda a sua extensão de algum prédio alto, agora ela estava visível não importa para onde se caminhasse, e mesmo as montanhas insulares no mar interior de Seto apareciam bem diante dos olhos. Essas montanhas pareciam olhar para as pessoas em baixo em meio às ruínas e se questionar o que teria acontecido. Todavia, nas ruínas as pessoas mais afoitas começavam a erguer barracas modestas. O sr. Maki procurou imaginar com qual aspecto Hiroshima, cidade que prosperara como uma base militar, renasceria. Surgiu-lhe vagamente à mente uma cidade pacífica e cercada de árvores verdejantes. Enquanto caminhava divagando sobre isso ou aquilo, o sr. Maki era com frequência cumprimentado por desconhecidos. Muito tempo atrás ele era médico e mantinha consultório próprio, e por isso imaginou que talvez fossem pacientes que se lembrassem dele, mas mesmo assim era algo insólito.

Ele com certeza percebera esse tipo de comportamento pela primeira vez quando caminhava pelo lamaçal entre Koi e a ponte Temma. Chovia forte e da direção oposta um homem aparentando ser um mendicante, com a cabeça coberta por uma placa de zinco enferrujada e enrolado em andrajos, de súbito mostrou seu rosto de debaixo dessa placa que segurava no ar como um guarda-chuva. Sem pestanejar seus olhos brilhantes, ele perscrutou com desconfiança o rosto do sr. Maki, com uma expressão de quem desejasse se apresentar. Porém, por fim, um desapontamento surgiu em seus olhos e ele ocultou o rosto com a placa de zinco.

Mesmo estando em um bonde lotado, com frequência acontecia de alguém um pouco mais afastado o cumprimentar com um gesto de cabeça. Quando o sr. Maki de forma espontânea retribuía o gesto, por vezes ouvia a pessoa dizer algo como "É o senhor Yamada, sem dúvida", demonstrando um visível engano. Ao comentar sobre isso com outras pessoas, descobriu não ser o único a receber cumprimentos de estranhos.

Na realidade, mesmo agora em Hiroshima, alguém está sempre à procura de alguém.

Mita Bungaku, janeiro de 1947

O PAÍS DO MEU MAIS SINCERO DESEJO

Perto do amanhecer, deitado na cama, ouço o canto dos pássaros. Agora eles estão cantando para mim, do telhado acima deste quarto. A inflexão de sua voz abafada, ora doce, ora aguda, vibra num lindo presságio. Estariam eles sentindo a sutileza dessa hora, mais do que em qualquer outra, trocando sinais ingênuos? Na cama, solto uma risada. Mais cedo ou mais tarde vou entender o que eles dizem. Isso mesmo, mais um pouco, só mais um pouco, e pode ser que eu os compreenda… Se eu renascer como um deles e for visitar o país dos pássaros, como é que eles vão me receber? Nessa ocasião, assim como uma criança no primeiro dia no jardim de infância, também vou ficar acuado num canto, chupando o dedo? Ou vou perscrutar em redor com o olhar melancólico de um poeta misantropo? Mas é impossível. Como fazer isso, se já renasci passarinho? De repente, na trilha do bosque, perto de um lago, encontro os meus amigos íntimos, agora transformados em pássaros.

— Nossa, você também…

— Oh, quem diria, você por aqui.

Na cama, absorto, como se algo me fascinasse, reflito sobre coisas transcendentes. As pessoas que me são caras jamais vão se extinguir dentro de mim. Até o instante em que a morte me leve sequestrado, desejo viver dócil feito um passarinho…

•

Minha existência continua até hoje a ser pulverizada e varrida para um lugar infinito? Mudei-me para esta pensão há um ano, e o isolamento que sinto já não terá atingido quase o seu ponto mais fundo? Não há neste mundo, nem sequer um pedaço de palha, a que eu possa me agarrar. Portanto, as estrelas que naturalmente coalham o céu noturno acima da minha cabeça e, distante, a silhueta das árvores plantadas na terra, aos poucos se aproximam de mim, e acabam trocando de lugar comigo. Por mais que eu seja um homem arruinado e esteja congelado até os ossos, aquelas estrelas e árvores não estariam mais determinadas e repletas de coisas infinitas do que eu?… Encontrei a minha própria estrela. Certa noite, no caminho escuro entre a estação Kichijoji e a minha pensão, quando de súbito olhei o céu estrelado acima da minha cabeça, em meio a uma infinidade de estrelas apenas uma se infiltrou nos meus olhos e acenou para mim. O que significaria? Antes mesmo, porém, que eu pudesse refletir sobre o significado daquilo, uma grande emoção fez os meus olhos arderem.

Era como se o isolamento tivesse se diluído no ar. Você tinha lágrimas nos cílios, como se uma poeira tivesse penetrado os seus olhos… Com a ponta da agulha, a minha mãe removia pedacinhos soltos da minha cutícula… Eventos triviais, muito triviais, vinham de repente à minha mente nos momentos de solidão… Certa manhã, sonhei com um dente que estava doendo. Você, apesar de estar morta, me apareceu no sonho.

— Onde dói?

Tranquila, você passou ao acaso a ponta do dedo nos meus dentes. Esse seu toque me acordou, a dor havia passado.

•

Sonolento, quase adormecido, por um instante sou atingido por um choque elétrico e a minha cabeça explode. Depois de todo o meu corpo convulsionar, tudo se acalma, como se nada tivesse acontecido. Abro os olhos e examino os meus sentidos. Não parece haver nada de anormal em mim. Mesmo assim, por que é que há pouco, um momento antes, alguma coisa desafiou a minha vontade, levando-me a explodir? Aquilo veio de algum lugar. Eu me pergunto de onde. No entanto, não compreendo… Represadas dentro de mim, teriam explodido as incontáveis coisas que não realizei na vida? Ou as lembranças do instante em que a bomba atômica explodiu naquela manhã estariam justo agora sendo lançadas sobre mim? Não entendo direito. Em meio à tragédia de Hiroshima, acredito não ter sofrido nenhuma perturbação psicológica. Entretanto, estaria o trauma daquele momento sempre à espreita, em algum lugar, pronto para levar a mim e a outras vítimas à loucura?

Na cama, insone, imagino o planeta Terra. A frieza noturna penetra a minha cama, causando-me um arrepio. O meu corpo, a minha existência, o meu âmago: por que estou congelado dessa maneira? Tento invocar o planeta que me faz existir. Ao fazê-lo, a imagem dele flutua indistinta dentro de mim. Um planeta patético, vasta terra-mãe congelada! Mas parece ser uma terra a alguns milhões de anos no futuro, para mim ainda desconhecida. Diante dos meus olhos ressurge um outro planeta, com a sua massa obscura. No núcleo desse globo, uma espessa massa de fogo vermelha gira num turbilhão. Haveria algo no interior daquele alto-forno? Substâncias desconhecidas, um mistério inconcebível, ou talvez uma mistura de ambos?

E o que acontecerá com este mundo quando tudo isso for expelido de uma só vez para a superfície? As pessoas provavelmente sonham todas com tesouros subterrâneos enquanto rumam para um futuro no qual ignoram se haverá destruição ou redenção...

Eu, porém, pareço sonhar há muito tempo com o dia em que a harmonia visitará o nosso planeta, quando, no coração de cada pessoa, haverá de reverberar o barulho de uma fonte tranquila, e nada será capaz de aniquilar a existência humana.

Esta é a passagem de nível que costumo atravessar com frequência. Muitas vezes a cancela desce e sou obrigado a esperar por um tempo. O trem surge da direção de Nishiogikubo ou vindo da estação Kichijoji. À medida que se aproxima, os trilhos nitidamente vibram para cima e para baixo. Contudo, o trem passa rugindo a todo vapor por aqui. A velocidade faz-me sentir renovado por dentro. Eu talvez inveje as pessoas que atravessam a vida a toda velocidade. O que surge nos meus olhos, porém, é a imagem das pessoas em desalento a observar os trilhos. Sempre penso que perto deles vagueiam as sombras de pessoas com a vida devastada, atiradas num local de onde, ainda que lutem, não conseguem se desvencilhar. Refletindo sobre isso, permaneço de pé ao lado da cancela... Sem me dar conta, a minha sombra não estaria ela também vagando ao redor daqueles trilhos?

Certo dia, antes de o sol se pôr, eu ia caminhando devagar por uma estrada. De súbito, o céu azul clareou misteriosamente, e parte dele irradiou uma luz pálida, semelhante a madrepérola. Teriam os meus olhos escolhido de propósito aquele local para se fixarem? Todavia, os meus olhos sabiam que aquela luz pálida incidia sobre as árvores decíduas, cuidadosamente enfileiradas. As árvores eram delgadas, e parecia que alguma coisa estava acontecendo com elas. Justo quando os meus olhos pousaram na copa de uma delas, uma enorme folha seca e marrom se desprendeu de um galho. Solta, a folha caiu, deslizando em linha reta ao longo do tronco. Foi se juntar a outras folhas secas, no chão, perto da raiz. Caiu numa velocidade sutil incomparável. Aquela única folha seca, na distância entre a copa e o chão, deve ter discernido tudo o que havia neste mundo… Desde quando é que eu pensava na derradeira vez que observaria as cenas do mundo?… Um dia, saí de casa rumo a Kanda, onde morava até um ano antes. A familiar azáfama do bairro das livrarias se descortinou diante de mim. Atravessei a multidão, possivelmente à procura da minha sombra. Em meus olhos se refletiam as sombras de duas árvores mortas se fundindo tênues num muro de concreto. Bastaria uma surpresa tão tênue e calma como aquela para causar admiração aos meus olhos?

Saí, pois, se permanecesse quieto no meu quarto, acabaria congelando. Ainda havia neve, caída ontem, e a paisagem ao redor parecia ter se transformado por completo. Conforme eu andava sobre a neve, o meu coração foi aos poucos se animando e o meu corpo se aqueceu. O ar frio penetrava agradavelmente meus pulmões (de fato, no dia em que pela primeira vez caiu neve sobre as ruínas de Hiroshima, ao respirar um ar semelhante a este o meu coração se excitou), e me dei conta de não haver ainda escrito um poema de louvor à neve. Que maravilhoso seria poder caminhar pelas colinas da Suíça, cada vez mais e mais, com a mente vazia! A fantasia de uma linda morte por congelamento toma conta de mim. Entro em uma casa de chá e a minha mente se esvazia enquanto fumo um cigarro. De um canto, flui a música de Bach, e dentro de uma cristaleira cintila um bolo decorado. Mesmo quando eu não mais estiver neste mundo, algum rapaz de temperamento semelhante ao meu há de estar assim, a uma hora dessas, com a mente vazia, sentado em algum canto deste mundo. Saí da casa de chá e voltei a caminhar pela rua coberta de neve. Poucas pessoas transitam por ela. Um rapaz aleijado caminha com dificuldade, vindo da direção oposta à minha. Acho que entendo bem o motivo de ele estar caminhando de propósito na rua num dia de neve como este. Ao nos cruzarmos, o meu coração grita para ele: "Rapaz, não esmoreça!".

Malgrado a visão de todas as nossas misérias, que nos tocam, que nos pegam pela garganta, temos um instinto que não podemos reprimir, que nos eleva. (Pascal).

Aconteceu em uma tarde de verão, quando eu ainda tinha apenas seis anos. Estava brincando sozinho na casa, na escada de pedra do barracão de paredes de barro. Os raios de sol se refletiam esplendorosos na cerejeira luxuriante do lado esquerdo da escada.

Eles também incidiam nas folhas de uma rosa-do-japão, bem do lado da escada. Porém, uma brisa refrescante soprava sobre as escadas onde eu me acocorava. Fascinado, eu me entretinha brincando com a areia esparramada nos degraus de granito. De repente, uma formiga veio andando até bem perto da minha mão. Sem pensar muito, esmaguei-a com o dedo. A formiga não se mexeu mais. Pouco depois, apareceu outra. Exterminei essa também, apertando-a entre os dedos. As formigas vinham uma atrás da outra até onde eu estava, e eu exterminava cada uma delas. Aos poucos, senti no fundo da cabeça uma sensação de queimação e passei um bom tempo absorto. Naquele momento, eu ignorava a razão de estar fazendo aquilo. Então, depois de o sol se pôr, uma penumbra envolveu os arredores, e de súbito eu me vi lançado para dentro de uma estranha fantasia. Estava dentro de casa. Porém, não tinha ideia de onde estava. Um rio de chamas vermelhas fluía em turbilhão. Enquanto isso, criaturas bizarras, que eu jamais vira, me observavam de dentro da penumbra, sussurrando com serenidade as suas mágoas (aquela pintura indistinta do inferno não teria sido um prenúncio do inferno de Hiroshima, que mais tarde eu veria de novo, desta vez com nitidez, a olho nu?).

Eu queria escrever sobre uma criança delicada, muito sensível, singular. Os seus nervos finos podiam ser partidos por uma rajada de vento, mas, paradoxalmente, existia um magnífico universo latente dentro deles.

Só uma coisa poderia fazer o meu coração se alegrar de verdade. Talvez apenas uma modesta ode àquela jovem me serviria de consolo. U... Senti uma agitação transcendente no peito quando a conheci, em pleno verão, no ano retrasado. Foi uma premonição de que a minha despedida deste mundo se aproximava, com os meus últimos anos de vida desabando rápido em cima de mim. Sempre pude ter por essa bela moça o mais puro sentimento de carinho. A cada vez que me separava dela, eu sentia que estava vendo um lindo arco-íris em plena chuva. E depois, no meu coração, eu cruzava os dedos, e no fundo de mim rezava pela felicidade dela.

De novo, sinto calor e frio se alternarem sem parar, e os sinais da aproximação da "Primavera" me deixam entorpecido. Estou prestes a sucumbir facilmente às seduções saltitantes, leves, gentis e habilidosas dos anjos. Os raios de sol transbordam de prenúncios de um festival deslumbrante, quando as flores vão desabrochar todas a um só tempo e os pássaros vão começar a cantar. Enquanto isso, algo inquietante, incapaz de se aquietar, começou a se agitar dentro do meu peito. Vejo diante dos olhos o Festival das Flores nas ruas da minha cidade natal, agora em ruínas. Surge dentro de mim a imagem das minhas falecidas mãe e irmãs mais velhas em suas melhores roupas. A formosa aparência delas se assemelha à das moças de agora. A "Primavera" aclamada em poemas, pinturas e músicas sussurra para mim e me deixa maravilhado. Contudo, estou com frio e meio triste.

Naquela época, você com certeza tremeu na cama, pressentindo a chegada da "Primavera". Para você, cuja morte se aproximava, não era tudo cristalino, com o ar puro e divino bem próximo a você? Naquela época, que sonhos você, de cama, via?

Agora, sonho sempre com uma cotovia voando pelos campos de trigo em pleno meio-dia e rodopiando pelo céu azul canicular... A cotovia (seria você, morta, ou a minha imagem?) avança em linha reta, a toda velocidade, alto, mais alto, infinitamente alto, mais alto. E agora já nem sobe nem desce. Apenas o ardor da vida emite um súbito raio de luz, e a cotovia, tendo escapado aos limites humanos, se converte em estrela cadente. (Ela não sou eu. Mas é sem dúvida o desejo do meu coração. Se somente a vida pudesse arder magnífica, e todos os instantes fossem belos e gratificantes...).

Cidade de Musashino, 1951

SUGESTÕES DE LEITURA

John Hersey. *Hiroshima.*
TRAD. Hildegard Feist.
POSF. de Matinas Suzuki Jr.
Coleção Jornalismo Literário,
Companhia das Letras, 2002.

Histórica reportagem que
ocupou uma edição inteira
da revista *The New Yorker*
em 1946 e denunciou os horrores
da bomba atômica nos Estados
Unidos. Inclui texto feito 40 anos
depois do original, sobre o destino
dos sobreviventes.

Kenzaburo Oe.
Notes on Hiroshima.

Ensaios de 1965 que o futuro
Nobel de Literatura escreveu
sobre a bomba, sensibilizado
pela obra e história de vida
de Tamiki Hara e de visitas feitas
a sobreviventes. Tem edição
em francês, pela Gallimard.

Kenzaburo Oe (ORG.)
*Fire from the Ashes: Short Stories
on Hiroshima and Nagasaki.*
Readers International, 2020.

Contos sobre a bomba, por
autores como Tamiki Hara
e Masuji Ibuse, e também
escritoras como Yoko Ota,
Ineko Sata, Kyoko Hayashi
e Hiroko Takeneshi.

Masuji Ibuse. *Chuva negra.*
TRAD. Jefferson José Teixeira.
Estação Liberdade, 2011.

Clássico de 1965, filmado por
Shohei Imamura em 1989.

Takashi Morita.
*A última mensagem de
Hiroshima: o que vi e como
sobrevivi à bomba atômica.*
Universo dos Livros, 2017.

Hibakusha (sobrevivente
da bomba) que se radicou
no Brasil em 1956 descreve
sua experiência na tragédia.

Vinicius de Moraes.
"A rosa de Hiroshima".
viniciusdemoraes.com.br.

Poema de 1954 em que
Vinicius protesta contra
a bomba. Com melodia
de Gerson Conrad, dos Secos
& Molhados, seria cantado por
Ney Matogrosso nos anos 70
e Arnaldo Antunes em 2003.

CRÉDITO DAS IMAGENS

p. 1
Vista aérea de Hiroshima após
a bomba. 26 de junho de 1946.
Library of Congress [LOC].

pp. 2-5
Destruição em Hiroshima após
o lançamento da primeira bomba
atômica. 6 de agosto de 1945.
US Air Force [USAF].

p. 6
O escritor Tamiki Hara. Kyodo
News Stills/Getty Images.

pp. 10-11
Avenida Hondori. Shigeo
Hayashi/Museu Memorial da
Paz de Hiroshima [MMPH].

p. 12
Sombra de uma escada impressa
pelo clarão da bomba em um
tanque de gasolina. 18 de outubro
de 1945. USAF.

p. 66
Sombra humana impressa pelo
clarão da bomba em
degraus à margem do rio,
em Hiroshima. Arquivo da
História Universal/Universal
Images Group/Getty Images.

p. 91
Danos da bomba atômica
no prédio da Associação Agrícola
da Prefeitura de Hiroshima.
4 de novembro de 1945. USAF.

p. 92
Ruínas de um teatro localizado
a cerca de 800 metros do
hipocentro (o ponto diretamente
abaixo da explosão) da bomba
atômica. USAF.

p. 119
Cemitério do templo Saikoji,
no hipocentro da bomba.
Shigeo Hayashi/MMPH.

p. 120
Árvores sagradas e lápides
destruídas pela bomba atômica
no templo de Kokutaiji.
Keystone/Getty Images.

pp. 130-1
Ruínas da torre do castelo
de Hiroshima.
Shigeo Hayashi/MMPH.

SOBRE O AUTOR

Tamiki Hara nasceu em Hiroshima, em 1905. Começou a atuar como escritor profissional em meados dos anos 30. Pouco antes do primeiro aniversário de morte da mulher, Sadae, quando Hara retornava a Hiroshima para viver na casa de sua família, a bomba atômica foi lançada sobre a cidade. A catástrofe ficou registrada em *Flores de verão*, publicado em 1947 na revista *Mita Bungaku*, um dos textos inaugurais da literatura sobre a experiência da bomba e que lhe renderia o prêmio Mizukami Takitaro. Pela mesma revista, no mesmo ano, saiu "A partir das ruínas", e em 1949, "Prelúdio à destruição". "O país do meu mais sincero desejo" foi publicado em 1951, pouco antes de Hara dar cabo de sua vida, sob o impacto do início da Guerra da Coreia.

Um monumento em sua memória foi erguido no castelo de Hiroshima e depois foi transferido para o templo Genbaku. Seu aniversário de morte, 13 de março, é conhecido como Kagenki, nome da sociedade criada por leitores para celebrar sua memória. Hara ganhou projeção mundial nos anos 60, com a divulgação no Ocidente da *Genbaku bungaku*, ou literatura da bomba atômica, por autores como Kenzaburo Oe.

Sob censura no período da ocupação americana no pós-guerra, hoje *Flores de verão* é uma das obras mais celebradas da literatura japonesa do século xx e integra o currículo escolar do país.

© Associação Quatro Cinco Um

Esta edição segue o Novo Acordo
Ortográfico da Língua Portuguesa

TÍTULO ORIGINAL *Natsu no hana* 夏の花

PROJETO GRÁFICO Isadora Bertholdo
ASSISTENTE EDITORIAL Ashiley Calvo
REVISÃO Henrique Torres e Luiza Gomyde
CONSULTORIA EDITORIAL Fabiana Roncoroni

DADOS INTERNACIONAIS DE CATALOGAÇÃO
NA PUBLICAÇÃO (CIP) DE ACORDO COM ISBD

H254f   Hara, Tamiki
          Flores de verão / Tamiki Hara ; traduzido por Jefferson José
          Teixeira. - São Paulo : Tinta-da-China Brasil, 2022.
          136 p. ; 13cm x 18cm.

          ISBN 978-65-84835-03-0

          1. Literatura japonesa. 2. Hiroshima. 3. Guerra. 4. História. I.
          Teixeira, Jefferson José. II. Titulo.

          2022-2107   CDD 895.6
                                     CDU 821.521

Elaborado por Odilio Hilario Moreira Junior - CRB-8/9949

ÍNDICES PARA CATÁLOGO SISTEMÁTICO

1. Literatura japonesa 869.6
2. Literatura japonesa 821.521

TODOS OS DIREITOS DESTA EDIÇÃO RESERVADOS À

Tinta-da-China Brasil/Associação Quatro Cinco Um

LARGO DO AROUCHE, 161 SL2 • REPÚBLICA • SÃO PAULO • SP • BRASIL
EDITORA@TINTADACHINA.COM.BR

Flores de verão foi composto em
Adobe Caslon Pro e Forma DJR Text,
impresso em papel offset 90g,
na Ipsis, em julho de 2022